인생은
읽을수록
우아해진다

마음과 태도에 깊이를 더하는 인생 책들

인생은
읽을수록
우아해진다

이미령 지음

인생의 품격을 높이는
25권의 명저 읽기

"우아한 사람이란 어떤 사람일까요?"

이 질문에 사람마다 각기 다른 답을 내놓습니다. 누군가는 겉모습이 고상하고 세련된 사람을, 또 다른 누군가는 지식이 풍부하고 그것을 드러낼 줄 아는 사람을 떠올릴 것입니다.

하지만 우아함은 단지 외적으로 드러나는 모습이나 행동에 국한되는 개념이 아닙니다. 우아함은 내면의 여유와 깊이에서 비롯된 태도이며, 삶의 다양한 순간을 품위 있게 대하는 방식을 아우릅니다. 그래서 우아한 삶은 단순히 겉으로 돋보이고 주목받는 삶이 아니라, 매 순간을 진정성 있게 마주하며 그 과정 속에서 성숙해지는 삶이라 할 수 있습니다.

그렇다면 우아한 삶으로 한 발짝 더 나아가는 과정에서 독서는 어떤 의미를 지닐까요? 흔히들 책은 지식을 쌓고, 정보를 얻으며, 간접 경험을 쌓아 준다고 이야기합니다. 이에 전적으로 동의하지만, 저는 특히 간접 체험의 가치를 더욱 중시합니다.

실제로 책을 읽다 보면 평소에는 감히 겪어볼 수 없는 경험을 하게 되는 순간들이 있습니다. 예컨대, 도스토옙스키의 《죄와 벌》을 읽으며 제가 주목했던 부분은 작가의 무게감 있는 문체나 도덕적 고찰이 아닌, 주인공 라스콜니코프의 심리 묘사였습니다. 그는 살인을 저지르기 전부터 그 후까지 극한의 두려움과 끝없는 내적 갈등을 겪습니다. 이런 과정을 독자의 입장에서 따라가다 보면, 실제로 내가 그 인물이 된 것처럼 가슴이 조이고 진땀이 나는 경험을 하게 됩니다.

이것이 바로 책이 선사하는 '간접 체험'의 힘입니다. 우리는 결코 실제로 경험할 수 없는 사건들을 글을 통해 체감하며, 인간의 깊은 내면을 이해할 기회를 얻게 됩니다. 예를 들어, 살인을 저지른 주인공의 심리를 따라가다 보면 단순히 그를 비난하는 것을 넘어, 그의 내면에 자리한 인간 본연의 복잡성과 모순을 깊이 들여다보게 됩니다. 이렇게 책은 우리의 내면을 넓히고, 삶의 본질을 깊이 들여다보게 하는 창이 되어 줍니다.

세상에는 얼마나 많은 책이 있을까요? 대한민국에서만 하루 평균 200여 종의 신간이 출간된다고 하니, 전 세계적으로는 헤아릴 수 없을 만큼 방대한 책들이 존재할 것입니다. 이 수많은 책은 우리에게 새로운 인생을 보여 주고, 또 다른 시각을 열어 줍니

다. 아무 책이나 한 권 집어들고 차분히 읽어나가기만 해도 우리
는 이 한 몸으로 숱한 인생을 간접적으로 체험하며 온갖 삶의 지
혜를 터득할 수 있습니다. 이처럼 훌륭한 인생의 교과서를 놓친
다는 것은 참으로 아쉬운 일일 것입니다.

책을 읽을 때 우리는 감동을 받고 지식을 얻는 데 그치지 않고,
간접 체험을 통해 크게 흔들리는 경험을 해야 합니다. 마치 당연
히 단단하다고 믿고 그 존재조차 잊고 지냈던 땅이 흔들릴 때처
럼 말입니다. 그 순간 우리는 경악하며 새삼 지구라는 존재를 떠
올리고, 인간 문명의 허약함에 전율하게 됩니다.

책은 우리를 뒤흔듭니다. 흔들다 못해 우리를 공격하기도 합니
다. 프란츠 카프카가 책을 '도끼'에 비유한 이유가 여기에 있습니
다. 내 뒷머리에 일격을 가하는 것처럼, 책은 멀쩡하게 살아온 사
람을 거침없이 뒤흔들고 상처를 내기까지 합니다. 기꺼이 흔들리
고 때로는 뒤집히면서 우리는 성숙해집니다. 성숙이라는 말이 참
좋습니다. 무르익는 것입니다. 숫자로 헤아리는 나이로는 절대로
도달할 수 없는 정신적 경지가 바로 무르익은 인생입니다.

많이 흔들려 본 사람의 삶은 신중해집니다. 경솔하거나 경망
스러운 행동을 피하며, 조심스럽지만 진득하게 발을 내딛습니
다. 그렇게 책과 함께 하루하루를 살아간다면, 그 사람은 깊이와
우아함을 지닌 멋진 삶을 살아갈 것입니다.

이번에 소개하는 책들은 이런 우아함을 발견하는 데 도움을 줄 작품들입니다. 읽을 때마다 새로운 의미를 발견하게 되는 책들로, 애정을 담아 추천합니다. 한 권의 책은 언제나 또 다른 책으로 나를 보내 주었고, 그렇게 책과 책들이 이어진 채로 인생을 살아왔습니다. 그런 책 속에서 어깨에 힘을 빼고 미간의 주름을 펴고서 골라낸 책들입니다. 마음에 들었으면 참 좋겠는데 말이지요.

이 책을 준비하면서 처음부터 끝까지 함께 애정을 쏟아 준 유노책주의 이지윤 씨에게 깊이 감사드립니다. 덕분에 명저들을 다시금 깊이 탐독할 기회를 얻을 수 있었습니다.

책을 마무리하는 작업을 하며 또다시 정신없이 책을 사들이고 있습니다. 이미 책장에 자리 잡은 여러 책들이 저마다 자신을 읽어 달라며 성화를 부립니다. "한 번 더 흔들리고, 그리고 더 깊어져야 하지 않겠느냐"라고 속삭이는 그 유혹에 못 이겨 두 손을 들고 맙니다. 그렇게 책과 함께하는 인생이 참 좋습니다. 여러분도 이런 행복을 함께 누리길 바라며, 책에 관한 책 한 권을 조심스레 독자 여러분께 내밉니다.

2024년 겨울의 초입에서
북 도슨트 이미령

차례

6장 | 그저 오늘의 삶에 감사하라
당당하고 여유로운 삶을 여는 책들

1장

우아함은
나를 아는 것에서
시작한다

나 자신과 마주하는 책들

삶에서 더는 미룰 수 없는 것

윌리엄 서머싯 몸 《달과 6펜스》

자신의 삶을 온전히 자신의 의지로 살아보는 것, 더 미룰 수 없는 일이 아닐까요?

본문 **24쪽** 중에서

┃이 책을 선정한 이유┃

인생에서 단 하나를 위해 모든 것을 걸어야 한다면, 우리는 어떤 선택을 하게 될까? 서머싯 몸의 《달과 6펜스》는 안정된 삶을 버리고 예술에 모든 것을 바친 찰스 스트릭랜드의 이야기를 통해 이 질문에 답한다. 꿈과 현실, 자유와 희생의 경계에서 펼쳐지는 이 작품은 현대 문학사에서 고전으로 자리 잡았으며, 시대를 초월해 우리가 진정 원하는 삶과 열망의 본질을 돌아보게 한다. 스트릭랜드의 열정은 예술이 삶을 초월한 가치가 될 수 있음을 보여 준다.

사람은 빵만으로 살 수 없습니다. 하지만 이 말은 일단 빵이 있어야 한다는 뜻도 됩니다. 빵으로 배고픔을 채운 뒤에야 비로소 빵으로는 메울 수 없는 정신적 허기가 찾아옵니다. 그리고 그 허기를 채우기 위해 더 깊고 본질적인 가치를 추구하는 것이 바로 인간입니다.

영국 작가 서머싯 몸의 소설 《달과 6펜스》는 제목만으로도 호기심을 불러일으킵니다. 하늘에 떠 있는 둥근 달과 영국에서 가장 낮은 단위의 은화인 6펜스는 둥글고 은빛이라는 공통점이 있으나 대척점에 놓여 있는 것이기도 합니다. 밤하늘에 떠 있는 둥근 달은 인간이 값을 매길 수 없는 신비와 아름다움을 지니고 있습니다. 도저히 닿을 수 없는 곳에 있기에 사람들은 그저 저 높은 곳에서 은은히 빛을 내비치는 달을 바라만 볼 뿐입니다. 굳이 달에 닿아야 할 의무도, 소유할 필요도 없습니다. 달은 우리의 삶과 멀리 떨어져 있지만, 존재만으로도 충분한 가치가 있습니다.

그러나 달을 바라보는 것만으로는 배고픔을 해결할 수 없습니다. 차라리 6펜스라도 버는 것이 당장의 생활에 도움이 됩니다. 6펜스는 작고 하찮게 보일지 몰라도 지상에서 살아가는 데 꼭 필요한 실질적인 가치를 제공합니다. 사람들에게 달과 6펜스 중 하나를 고르라 한다면 대부분이 6펜스를 택할 것입니다. 당장의 삶을 유지하는 데 필요할 뿐만 아니라 그것이 우리가 끝까지 의지해야 할 것이기 때문입니다.

그런데 달을 택한 한 남자가 있습니다. 영국 런던에서 주식중개인으로 일하던 찰스 스트릭랜드입니다. 어느 날 찰스는 아내에게 메모 한 장만 남겨 놓고 파리로 떠납니다. 찰스는 교양 있는 아내와 함께 아들과 딸을 키우며 다복하고 여유로운 가정을 꾸려온, 이제 막 40대에 접어든 가장입니다. 그런데 이런 남편이 그냥 집을 나가버린 것이지요. 아내와 자식에게 사과도 유감의 말 한 마디도 없이 말입니다.

작중 화자인 '나'는 파리로 떠납니다. 가정을 버린 이유를 알아보고 행여 여자 때문이라면 눈감아 주겠노라는 찰스의 아내 에이미의 제안을 전하기 위함입니다. 그런데 파리의 어느 초라한 호텔에서 홀로 궁벽하게 지내고 있던 찰스는 그림을 그리고 싶었다고 말합니다. 그림 그리는 업을 시작하기엔 너무 늦은 나이라고 조언하자 그는 "그래서 더 이상은 늦출 수 없다"라고 대답합니다. '나'는 가정으로 돌아가라며 설득을 멈추지 않았습니다. 그러나 찰스는 분명한 어조로 자신은 그림을 그려야만 한다며 뜻을 굽히지 않습니다.

이 책을 읽으면서 허투루 듬성듬성 읽어서는 안 되는 곳이 바로 여기입니다. 자신을 설득하러 온 사람 앞에 처음에는 '그리고 싶다'라는 원망의 대답을 내놓더니 결국은 '그려야 한다'라는 당위(當爲)의 대답이 찰스 입에서 흘러나옵니다. 이제 찰스는 그리지 않고는 살 수 없는 사람이 되어 버렸다는 말입니다.

이 말을 전해들은 아내는 이해하지 못합니다. 아주 오래 전 그의 그림을 보고서 재능이 없다고 판단했기 때문입니다. 이제 그림을 시작해서 성공한다는 것은 어불성설이라는 것이지요. 찰스는 아랑곳하지 않습니다. 그림으로 돈 벌 생각도 없고, 천재적 재능을 미술계에 인정받겠다는 기대도 없습니다. 그저 남은 인생은 자신이 그토록 원하던 그림을 그리면서 보내겠다는 것입니다. 사실 파리의 화랑가도 찰스의 그림에서 매력도 흥미도 재능도 찾지 못했지요.

이런 찰스에게서 천재성을 발견한 사람이 있습니다. 아마추어 화가 더크 스트로브입니다. 더크는 찰스를 너무나 존경한 나머지 자신이 가진 모든 것을 아낌없이 제공합니다. 어느 날 열악한 환경에서 지독한 병고에 시달리는 찰스를 자기 스튜디오로 데리고 와서 지극정성으로 간호합니다.

그런데 상상도 할 수 없는 일이 벌어집니다. 더크의 아내가 찰스와 사랑에 빠졌고, 더크는 아내와 자기 스튜디오를 고스란히 내 준 채 쫓겨난 것입니다. 게다가 그 사랑도 오래가지 못해서 찰스는 그 집을 나가버렸고 더크의 아내는 스스로 목숨을 끊습니다. 배신한 아내의 장례를 치른 뒤 그들의 보금자리에서 더크는 아내의 누드화를 발견합니다. 찰스가 그린 것이지요.

질투와 분노에 정신을 잃고 그림을 찢으려 달려간 순간 그는 그림 속에서 그토록 자신이 갈망하던 예술의 극치를 발견합니다. 그는 경악합니다. 자신은 죽었다 깨어나도 다다를 수 없는 그 경지를 이 지독하게 저주스런 사내가 자신의 아내 누드화 속에서 구현한 것입니다. 정작 찰스는 덤덤합니다. 심지어 냉담하기까지 합니다. 자신은 그리고 싶은 그림을 그렸을 뿐이라는 것이지요.

이런 찰스를 이해할 수 있나요? 자기가 하고 싶은 일을 하기 위해 살아간다면서 그는 자신의 가정을 깼고, 친구의 가정도 풍비박산을 내버렸습니다. 그런 찰스에게 더크는 자신의 고향으로 함께 가자는 엉뚱하고 바보 같은 제안을 하고 맙니다. 더크 역시 찰스처럼 6펜스보다 달을 좇는 유형인 것 같습니다.

달의 가치에 몰입하는 사람은 6펜스의 세상에서 이렇게 헛발질을 하게 마련이지요. 물론 찰스는 그 제안을 보기 좋게 거절합니다. 이런 우여곡절을 겪으면서도 찰스의 그림은 세간의 인정을 전혀 받지 못했고, 찰스는 그러거나 말거나 굶주림 속에서 그림을 그리다가 타히티로 떠납니다.

그곳에서도 거의 부랑아 비슷하게 유리걸식하면서 그림은 놓지 않습니다. 그러다 타히티 원주민인 나이 어린 아타와 살림을 차린 뒤 찰스는 사람들 시야에서 멀어집니다. 아타와 그를 따라온 몇 사람 원주민과 그들만의 파라다이스 안에서 지내게 되지요. 그렇게 지내던 어느 날, 찰스는 나병에 걸리고 시야를 잃은 끝에 세상을 떠납니다. 무명 화가, 가정을 저버린 무책임한 사내, 남의 행복을 짓밟고도 뻔뻔했던 사내의 끝은 이렇게 허무하게 막을 내렸습니다.

삶에 후회를
남기지 않으려면

이 작품이 프랑스 화가 폴 고갱을 모델로 하고 있다는 건 잘 알려져 있습니다. 서머싯 몸은 고갱의 삶에 드라마틱한 요소를 덧칠하여 찰스 스트릭랜드라는 예술가를 창조해냈습니다.

찰스 스트릭랜드는 철저하게 자신이 선택한 예술의 길을 걸어갔습니다. 세상의 평가 따위에는 아랑곳하지 않았고, 그것으로 밥벌이가 될 수 있을까 하는 두려움은 처음부터 없었습니다. 그런 마음이 털끝만큼이라도 있었다면 처음부터 직장과 가정을 버리지 않았을 것입니다.

심지어 그런 자신에게 온정을 베푸는 사람에게조차 찰스는 분명하게 선을 긋습니다. 그 온정이란 것은 본인이 원하지 않았던 것이요, 자기들이 주고 싶어서 준 것일 뿐이니 그건 자신과 무관하다는 것입니다. 그리고는 아무도 사가지 않는 그림을 그려댔습니다.

훗날 그의 작품이 인정을 받자 사람들은 어떻게 해서라도 그의 그림을 찾아내려고 몸이 달아오르지만 이미 찰스는 저 세상 사람이 돼 버렸습니다. 이 6펜스 세계의 사람에게는 너무나 소중한 부와 명예이나, 달의 세계를 추구하는 찰스와는 무관한 것이었습니다.

타히티의 깊숙한 밀림 속에서 안식처를 마련한 찰스가 나병으로 죽어갔다는 것도 강렬한 울림을 남깁니다. 나병은 하늘의 저주를 받은 것이라 여겨지던 시절입니다. 전염될 것을 두려워해서 사람들은 그를 피했고, 환자는 온몸이 썩어가는 고통을 고스란히 견디며 마침내 숨이 끊어집니다.

작가는 찰스에게 왜 이런 병을 안겨 주었을까요? 보통의 삶을 거부하고 6펜스를 추구한 인간에게 찾아온 천형(天刑) 과도 같은 병이지만 찰스는 무너지는 자신의 몸을 바라보면서도 무덤덤합니다. 몸은 아팠겠으나 그의 정신은 무너지지 않았습니다.

점점 시력을 잃어가는 가운데 화구를 살 돈도 다 떨어져 그는 자신의 방 벽에 그림을 그리기 시작합니다. 타히티에서 보았던 생의 찬란한 영광, 생기 넘치는 사람과 자연의 풍광을 붓으로 펼쳐 보이지요. 그를 왕진하러 갔던 의사는 화려하고 현란하면서도 원시적이고 날것 그대로의, 비릿하게 뿜어져 나오는 생기 넘치는 벽의 그림을 보고 그 아름답고도 음란한 기운에 섬뜩함마저 느낍니다.

의사는 찰스의 어린 아내로부터 그의 마지막 모습을 전해 듣습니다. 보이지도 않는 눈을 가지고도 자신이 그림을 그려 놓은 방에 들어가 몇 시간이나 바라보고 있었다는 사실을 말이지요. 분명 찰스는 평생 보았던 것보다 더 많은 걸 볼 수 있었으리라 의사는 짐작합니다.

자신이 추구하던 것을 완성했을 때 그의 몸도 이미 끝장이 나 버렸습니다. 더 이상 살 수가 없게 되었고, 그는 자신이 죽어 묻힐 자리까지 직접 파 내려갔습니다. 그러나 찰스는 단 한 번도 자신의 운명을 비관하지 않았으며, 죽는 그 순간까지도 평온했습니다.

어린 아내 아타는 벽의 그림을 태워버리라는 찰스의 유언을 충실하게 따릅니다. 그의 오두막은 불타서 부서져 내렸고 그는 밀림 속 한가운데에 묻혔습니다. 몇 년 뒤, 사람들에게 선물처럼 또는 밥값으로 줘버린 그의 작품들은 어마어마한 황금빛 6펜스가 되어 밤하늘의 두둥실 떠오른 보름달처럼 인간 세상에 빛을 뿌립니다.

찰스의 삶을 보며 물음표 하나가 머리에 떠오릅니다. '이 삶이 진정 내가 가고 싶었던 길인가?' "그렇다"라는 말이 쉽사리 나오지 않습니다. 각자 나름대로 이렇게 살면서 돈도 벌고 가정도 꾸리며 노후대책도 마련했으니 이것 말고 달리 무슨 길이 있을 수 있었겠냐는 항변이 목구멍에서 비어져 나올법 합니다. 하지만 한편으로는 이런 생각도 듭니다. '정말 편안했는가?', '혹시 하루하루가 불안의 연속이었음에도 이게 편안한 거라고 스스로를 속인 건 아닌가?' 그렇다고 이제 다시 새삼 무얼 시작하겠는가라고 인생에 항변하고 싶은데, 찰스의 이 대답이 마음속의 대거리를 잠재웁니다.

"나는 그림을 그리고 싶소."

꿈을 이루기 위해 엉뚱한 짓을 하다간 어떤 파국이 몰아닥칠지 모른다는 세상의 위협 앞에 찰스는 그저 이렇게 중얼거렸지요. 무엇인가를 하고자 할 때 우리는 재고 또 잽니다. 좌고우면(左顧右眄)이라고 하지요. 왼쪽 오른쪽으로 생각을 굴려보면서 이리 재고 저리 잽니다. 몸을 일으켜서 그 일을 하면 되는데, 그토록 하고 싶어 했으면서도 여전히 마음으로는 하지 않아도 될, 해서는 안 될 이유를 찾고 있습니다.

정답은 없습니다. 어떤 인생이 제대로 산 것인지를 판단할 기준이란 없습니다. 어쩌면 6펜스를 충실하게 지키고 모으는 삶이 더 나을 수도 있고, 절대로 손이 닿지 않을 저 높은 곳의 달을 좇으며 사는 삶이 나을 수도 있습니다. 달과 6펜스는 조화롭게 어우러질 수 있을까요? 소설을 보면 어쩐지 그 둘의 융합은 불가능할 것 같습니다. 인생이란 것이 하나를 선택하면 하나를 포기해야 하는 갈림길이기 때문입니다.

하지만 어느 길을 선택하더라도 후회는 하지 말아야겠지요. 가지 않은 길에 미련을 품지도 말아야합니다. 지금 선택한 이 삶에 자꾸 한숨이 비어져 나온다면 찰스처럼 과감한 결단을 내리는 것도 괜찮을 것 같습니다. 어찌 되었든 나의 인생이기 때문입니다.

나의 인생을 나답게 살아갈 수만 있다면 내 몫의 삶은 다 살아지는 것이겠지요. '다 산다'는 것, 그저 백 세를 채우는 것만을 의미하지는 않을 것입니다. 자신의 삶을 온전히 자신의 의지로 살아보는 것, 더 미룰 수 없는 일 아닐까요?

 함께 읽으면 좋은 책

◆ 폴 고갱, 정진국 옮김, 《노아노아-향기로운 타히티》, 글씨미디어
◆ 조지 오웰, 이한중 옮김, 《숨 쉬러 나가다》, 한겨레출판사
◆ 윌리엄 서머싯 몸, 안진환 옮김, 《면도날》, 민음사

인생에 놓인
세 가지 길

나쓰메 소세키 《행인》

죽거나, 미치거나, 아니면 종교에 입문하거나, 내 앞에는 이 세 가지 길 밖에 없네.

나쓰메 소세키, 송태욱 옮김, 《행인》, 현암사, 2015

❚ 이 책을 선정한 이유 ❚

일본 근대문학의 정점이라 불리는 나쓰메 소세키의 《행인》은 인간의 내면과 관계의 복잡성을 치밀하게 탐구하며 욕망과 고독을 심도 있게 그려낸 작품이다. 등장인물들의 갈등과 내적 고뇌를 통해 삶의 본질을 탐구하고 인간 존재의 의미를 질문하는 이 소설은 나쓰메 소세키의 철학적 사유와 문학적 완성도를 보여 주는 대표작으로 평가받는다. 동서양을 아우르는 보편적 가치를 담아 오늘날까지도 많은 독자에게 강렬한 감동을 전하며 불후의 명작으로 자리 잡고 있다.

"혹시 종교를 가지고 있습니까?"

몇 해 전, 독서모임에서 책벗들에게 이런 질문을 던져 보았습니다. 30대 초중반인 그들은 종교를 갖고 있지 않다고 답했습니다. 그런데 다들 이렇게 말하더군요.

"지금은 아니고요, 이 다음에 더 나이 들면 그때는 종교를 가져 볼 생각입니다."

이 대답이 흥미로웠습니다. 종교는 젊은이들에게 어울리지 않는다고 생각하는 거지요. 그러면서도 늙어서는 가져 볼 생각이라는 데에는 대체로 동의합니다. 대체 사람들은 종교가 무엇이라 생각하고 있는 것일까요? 노후를 보장하는 연금 같은 것? 또는 노후 그 너머 사후를 보장하는 보험 같은 것?

늙고 힘 빠지고 갈 곳이 없고 그럴 때 인생 마지막 자리에 두려움을 상쇄시켜주는 것이 종교라고 생각하고 있는 게 틀림없습니다. 틀렸다고 할 수는 없지만, 과연 이 세상에 있는 종교가 그런 역할만 하는 것일까요? 인간으로서 살 만큼 다 산 뒤에 절대자(있는지 없는지는 모르겠지만)에게 자신을 탁 맡기는 것, 이것만이 종교의 역할일까요?

"죽거나 미치거나, 아니면 종교에 입문하거나, 내 앞에는 이 세 가지 길밖에 없네."

일본 작가 나쓰메 소세키의 《행인》 속 이치로의 말입니다. 살고 싶은 대로 다 살고서 말년에 덤으로 품는 것이 종교가 아니라 이성과 지성과 물성(物性)이 가장 예민하고 활발하게 움직이는 젊은 시절에 징하도록 고민하고 번민한 끝에 택하는 것이 바로 종교라는 것이지요.

사실 소설은 처음부터 끝까지 싱겁고 지루합니다. 도쿄에 사는 지로는 오사카에 사는 지인의 집을 방문하고, 그곳에서 친구를 만나려다가 친구의 와병(臥病)으로 일정에 차질이 생깁니다. 그러다 때마침 오사카로 나들이를 온 어머니와 형, 그리고 형수를 만나 여행을 이어갑니다.

그런데 여행하는 가족 분위기가 그다지 행복해 보이지 않습니다. 지로의 형이자 이 집안의 맏아들인 이치로 때문입니다. 그는 내성적이고 영리하며 학문을 하는 지식인인데 집안에서 그야말로 오냐오냐 하며 비위를 맞춰 준 때문인지 까다롭기가 이루 말할 수 없습니다. 외골수인 데다 자기주장이 강한 탓에 가족 중 그 어떤 사람도 큰아들 이치로와 마음을 터놓고 이야기하지 못합니다.

반면 둘째 아들 지로는 외향적이고 남성적이며 맺고 끊는 것이 분명합니다. 가족들과 스스럼없이 지냅니다. 형수는 까다로운 남편보다 시동생 지로를 대하는 것을 오히려 더 마음 편하게 여길 정도입니다.

그런데 여행길에 나선 도중에 형은 동생 지로에게 귀를 의심하지 않을 수 없는 제안을 합니다. 그건 바로 자기 아내의 정조를 시험해 달라는 것입니다. 말이 되는 이야깁니까? 당연히 지로는 펄쩍 뛰고 거절했지요. 그러자 형은 더 이상 부탁하지 않겠으나 평생 동생을 의심하며 살겠다고 말합니다.

거절해야 마땅하지만 거절하는 순간 평생 형의 의심을 받으며 살아야 할 처지입니다. 하는 수 없이 지로는 그렇게 하겠노라 승낙했고, 여행지에서 형수와 단 둘이 다른 곳으로 잠시 바람을 쐬러 나갑니다. 형수는 이 형제 사이의 작당을 알고 있는지 전혀 눈치 채지 못 한 것인지 애매모호한 자세로 시동생을 따라나섭니다. 두 사람은 요릿집에서 밥을 먹으며 이런저런 이야기를 나누며 시간을 보냅니다. 그러나 돌아가려고 할 때 하필 태풍이 불어와 교통도 통신도 끊긴 바람에 외박을 합니다. 형수와 시동생의 기묘한 하룻밤이 펼쳐진 것입니다.

두 사람 사이에는 아무 일도 일어나지 않았습니다. 그래도 괜찮은가 싶을 정도로 형수는 태평했지요. 여행에서 돌아온 두 사람을 대하는 형은 자신의 의심이 터무니없음을 인지한 것 같습니다. 하지만 도쿄에 돌아와서도 형의 안하무인격이면서도 정상인이라 할 수 없는 독특한 행동은 이어지고, 동생은 결국 독립합니다. 형은 흡사 저세상 사람인 듯 행동하고 자기 방에 틀어 박혀서 가족과 어울리지 않습니다.

'나는 누구인가'보다
먼저 해야 할 질문

나쓰메 소세키의 《행인》은 시종 이런 내용이 이어집니다. 소설 속 등장인물들도 지쳐가고 독자도 지쳐가고 싫증이 날 무렵 소설의 대반전이 펼쳐집니다. 동생 지로가 형의 친구 H에게 형과 함께 여행을 좀 떠나 달라고 요청합니다. 여행하는 도중에 형이 무슨 말을 하고 어떤 행동을 하는지를 편지로 상세하게 일러달라는 부탁과 함께 말이지요.

소설 후반부는 H가 어렵사리 이치로와 여행에 나선 뒤 부탁받은 대로 그의 언행에 대해서 지로에게 쓴 길고 긴 편지글입니다. 기분을 전환하려고 나선 길이 사실 동행인의 언행을 지켜보고 가족에게 보고해야 하는 입장이니 그 여행이 편할 리가 없습니다. H는 망설이다 여행 끝 무렵에야 붓을 들고 이치로의 말과 행동을 자세하게 써 내려 갑니다.

이치로는 친구와의 여행 초반에는 발길 닿는 대로 돌아다니며 피로에 지친 몸과 마음을 쉬어 주는데, 역시나 어쩐지 편안해 보이지 않습니다. 무엇을 하거나 무엇을 보거나 무엇을 먹어도 별

다른 감흥이 없습니다. 무엇인가에 깊이 몰두하지도 못하고 흥미가 오래 가지도 않습니다. 다른 사람과 똑같이 세속의 온갖 일들을 마주하지만 영 재미를 찾지 못하고 무엇인가에 쫓기게 된다고 친구에게 고백합니다.

"자신이 하고 있는 일이 자신의 목적이 되지 못하는 것만큼 괴로운 일은 없네!"

무엇을 하더라도 그것이 목적이 될 수도, 수단조차 될 수 없다고 느끼기에 불안하고 편치 못하다는 것이지요. 두 사람의 대화는 물처럼 매끄럽게 이어지지 않지만, 어떤 계기를 만나면 갑작스레 격렬하게 펼쳐지기도 합니다. 대체 이치로는 왜 이리 까다롭게 구는 걸까요? 왜 남들처럼 단순히 살아가지 못하는 것일까요? 이에 대해 H는 이렇게 이치로의 이야기를 들려 줍니다.

"형님은 멍하니 산보를 하다가 문득 자신이 지금 걷고 있다는 사실을 깨닫게 되면 그게 풀 수 없는 문제가 되어 생각하지 않을 수 없게 되었다네. 걸으려고 생각하면 걷는 것은 자신임에 틀림없지만 그렇게 걷자고 생각하는 마음과 걷는 힘은 과연 어디에서 불쑥 샘솟는지, 형님에게는 그게 커다란 의문이었던 거네."

아, 이 대목을 읽다가 소름이 끼쳤습니다. 아주 오래 전 비슷한 일이 있었기 때문입니다. 베란다 화분에 물을 주다가 문득 '물을 주고 있구나'라는 생각이 드는 순간, '물을 주고 있는 것이 내가 맞는가, 왜 이걸 나라고 부르는 걸까, 언제부터 이것은 나라고 불리고 그렇게 여겼을까' 하는 질문이 뜬금없이 솟구쳤습니다.

'나'라는 것에 대한 근본적인 물음표가 용수철처럼 대지에서 솟구쳐 가슴과 머리를 관통한 그 순간부터 사는 것이 몹시 불편하고 불안하고 불행했더랬지요. '나'를 알기 전에는, 아니, '나라고 부르는 이것의 정체를 알기 전에는 숨도 쉴 수가 없었습니다. 불교라는 세계에 발을 딛게 된 것은 바로 이 때문이었습니다.

앞서 '이 다음에 나이 들면 그때는 종교를 가져 볼 생각'이라는 사람들과는 조금 다른 시작입니다. 유난을 떤다는 지적도 받았고, 등 따습고 배가 부르니 저런 쓸데없는 생각을 한다며 질타도 받았습니다. 그러나 존재 자체에 대한 근본적인 의문과 회의에 사로잡히면, 그 이후의 삶은 지독하게 괴롭고 고독해질 수밖에 없습니다.

이치로의 삶이 그랬습니다. 온 가족들이 다 태연하게 살아가는데, 그리고 세상은 과학과 문명의 발달로 더 편리하고 기세 좋게 달려가는데 그 속에서 저 홀로 근본 중의 근본, 태초의 질문에 머리를 얻어맞은 이치로는 당황하고 어쩔 줄 몰라 합니다. 산다는 것이 이런 것인지, 이렇게 살려고 태어난 것인지, 숨을 내쉬고 들이쉴 때마다 불거져 나오는 의문에 그만 숨이 막혀버릴 지경이지요.

H의 편지글에 담긴 이치로의 모습을 보며 깊이 공감하다가 슬그머니 '이쯤 되면 선문답이 하나쯤 나올 만한데' 하는 생각이 들었습니다. 아니나 다를까, "부모가 너를 낳기 전 네 본래 모습이 무엇이냐"라는 스승의 질문에 숱한 사색의 길이 꽉 막혀버린 선승 향엄(중국 당나라 시대 스님) 이야기가 등장하더군요.

"나는 누구인가"라는 질문은 인류가 숱하게 던진 철학적 주제입니다. 하지만 향엄과 이치로는 그 질문 이전의 질문을 받은 것입니다. 향엄은 이 질문을 화두로 삼아 그 답을 찾고자 골몰하다가 어느 날 자연의 소리에 꽉 막혔던 것이 뚫렸습니다. 선가에서는 '한소식했다'라고 하는 깨달음의 경지입니다.

하지만 이치로는 아직 뚫리지 않았습니다. 태초부터 모든 생명이 끌어안고 있었으나 아무도 그것을 눈치 채지 못했고, 그래서 아무도 꺼내려 하지 않았던 의문을 눈치 채고 만 그는 이 근원적인 질문의 무게에 짓눌리고 말았습니다. 그래서 세속의 모든 일에 심드렁하고, 비상식적이고, 심지어 가학적인 모습까지 보이고 만 것이지요.

우리가 깊숙이
들어가야 할 곳

소설은 그럴싸한 결론을 내리지 않습니다. 존재의 근본적인 질문에 부닥친 사람의 삶이 녹록하지 않음을 재확인시킬 뿐입니다. 어떤 계기로 종교에 입문하게 되는가는 사람마다 다릅니다. 사랑, 구원, 믿음, 희생, 자비, 겸손 등등 여러 종교마다 내세우는 덕목은 사람을 황홀하게 만듭니다.

하지만 그 모든 종교의 밑바탕에는 '너 자신을 알고 있느냐'라는 질문이 깔려 있습니다. 아니, 이 '나'를 언제부터 어떻게 '나'라고 확신하고 있느냐를 궁구(窮究)하고 있습니다. 이 질문을 품었을 때 어떻게 살아야 하는지를 모색하게 됩니다. 사람마다 사는 방법은 다 다릅니다. 그러나 대부분 적당한 선에서 타협하며 둥글게 둥글게 살아갑니다. 하지만 누군가는 타협을 거부하며 궁극으로까지 의문을 밀어붙입니다.

사람들은 자신의 종교생활을 "주소서!"라고 비는 데에서 멈춥니다. 그러나 모든 종교는 이렇게 말합니다. 이전과는 다른 사람으로 거듭나라고요. 그러려면 인간 내면 깊숙이 들어가야 합니다. 그럴 때 종교는 빛을 발합니다.

나쓰메 소세키의 이 작품은 인간의 내면탐구로 길을 떠나도록 촉구합니다. 누군가에게 정답을 물어보기보다는 길을 찾아 나서는 탐색의 거친 시간을 보여 주고 있습니다. 이 작품을 다 읽자 나는 무언가에 이끌리듯 니체의 《차라투스트라는 이렇게 말했다》를 책장에서 꺼내 들었습니다. 차라투스트라라면 고민하는 인생을 응원하리라는 생각에서입니다. 그의 초인(超人)은 이렇게 해서 등장한 것일 테니까요. 좋은 책은 이렇게 반드시 다음에 읽을 책을 안내하지요.

 함께 읽으면 좋은 책

◆ 프리드리히 니체, 백승영 옮김 주해, 《차라투스트라는 이렇게 말했다》, 사색의숲
◆ 나쓰메 소세키, 송태욱 옮김, 《마음》, 현암사
◆ 강상중, 김수희 옮김, 《강상중과 함께 읽는 나쓰메 소세키》, 에이케이커뮤니케이션즈

기다리기만 하는 자는
절대 만날 수 없다

사무엘 베케트 《고도를 기다리며》

각자 자기 마음속 깊이 웅크리고 있는 무엇인가를 향한 기다림이 있을
테니, 바로 그것을 고도라고 여기면 될 일입니다.

본문 42쪽 중에서

▎이 책을 선정한 이유 ▎

사무엘 베케트의 《고도를 기다리며》는 두 남자가 정체불명의 고도를 기다리는 동안
펼쳐지는 단순한 대화 속에서 인간 존재의 모순과 삶의 무의미함을 깊이 탐구한다.
블라디미르와 에스트라공이 나누는 대화는 희망과 절망이 교차하는 인간의 내면을
상징적으로 드러내며, 삶의 본질에 대한 철학적 질문을 던진다. 부조리극의 정수로
꼽히는 이 작품은 독특한 형식과 간결한 언어로 인간의 불안을 생생히 그려내며, 현
대 연극과 문학에 새로운 패러다임을 제시했다.

아일랜드 출신의 작가 사무엘 베케트의 작품 《고도를 기다리며》는 2막으로 이루어진 희곡입니다. 1952년 출간되고서 1년 뒤인 1953년에 프랑스 파리의 바빌론 소극장에서 처음으로 무대에 올랐지요. 이런 작품은 책보다 연극 공연으로 먼저 만나는 것이 좋습니다. 배우들의 표정과 대사에서 생생하게 숨결이 느껴지기 때문입니다.

다행스럽게도 나는 아주 오래 전 홍대 근처 산울림소극장에서 이 작품을 만났습니다. 그날, 객석에는 다섯 명 정도 앉았을까요. 텅 비었다 해도 좋을 객석 위로 서서히 조명이 꺼지고 어둠이 나직하게 자리를 잡으면서 공연이 시작됐습니다.

어느 한적한 시골길에 나이를 많이 먹어서 뒤틀린 나무 한 그루가 서 있고, 돌 위에 앉아서 낑낑거리며 구두를 벗으려고 애쓰는 에스트라공과 적당히 거리를 두고서 옆에 선 채 툭툭 말을 건네는 블라디미르가 있습니다.

두 사람은 딱히 약속을 하지는 않았지만 매일 같은 시각에 만납니다. 기다리는 이가 있기 때문입니다. 바로, 고도(Godot)입니다. 고도가 온다기에 두 사람은 매일 이곳으로 옵니다. 그런데 고도는 어제도 오지 않았고, 그제도 오지 않았고, 오늘도 아마 오지 않을 것이요, 내일도 오지 않을 게 틀림없습니다. 웬만하면 만날 생각을 접는 것이 옳지만 두 사람은 그래도 그곳으로 옵니다.

왜냐고요? 고도를 기다리기 위해서입니다.

고도를 기다리며 나누는 블라디미르와 에스트라공의 대화는 두서 없이 흘러갑니다. 말 그대로 아무말 대잔치일 뿐, 논리도 맥락도 없이 이어지는 대화의 끝에는 언제나 '고도가 온다'라는 불안한 확신만이 자리합니다. 두 사람은 고도를 기다리기 위해 하루를 살아가며, 일상은 이미 오래전에 내팽개쳤습니다. 모든 것이 유예된 상태에서 특별히 약속을 하지 않아도 두 사람은 매일 같은 자리로 나와 또다시 고도를 기다립니다.

고도가 올 때까지 두런두런 이야기를 나누며 무료함을 달래기 위해 무의미한 행위를 하고 어릿광대짓도 서슴지 않습니다. 너무 오래 신어 잘 벗겨지지 않는 작은 신발을 벗으려 애를 쓰고, 쓰고 있던 모자를 벗어 안을 들여다보며 탁, 탁 털어보기도 합니다. 죽은 것과 다를 바 없는 나무 한 그루를 멍하니 바라보다가 꿈 이야기를 꺼내려 말고, 이유 없이 서로에게 짜증을 냅니다. 그러다 주머니를 뒤져 순무 하나를 꺼내 요기하라며 건네기도 하지요.

두 사람은 고도에 대해 이야기하며 그를 만나면 끊어진 대화의 맥락이 이어지고, 무엇인가 안심할 만한 것을 얻게 되리라 기대합니다. 하지만 정작 고도가 정말 올 것인지, 아니면 영영 오지 않을 것인지에 대해서는 두 사람 모두 확신하지 못합니다.

당신은 지금
무엇을 기다리고 있는가

무료하고 불안한 기다림의 장소에 낯선 사내가 다가옵니다. 혹시 고도일까요? 아닙니다. 모자를 눌러쓰고 묵직한 트렁크를 든 깡마른 남자입니다. 특이하게도 그 남자의 목에는 밧줄이 걸려 있는데, 그 뒤를 따라서 밧줄을 쥐고 있는 또 다른 남자가 등장합니다.

밧줄을 쥔 남자 이름은 포조입니다. 그는 거드름을 피며 으름장을 놓고 "멈춰라", "다가와라", "떨어져라", "주워라!" 등으로 명령합니다. 목줄에 매인 남자 럭키는 양손에 무거운 트렁크 두 개를 들고 포조의 명령이 떨어지면 즉시 순종적으로 행동합니다. 포조는 블라디미르와 에스트라공 앞에서 럭키를 마구 부리며 으스대지요.

고도를 기다리며 하릴없이 대화를 주고받던 두 사람은 새로 등장한 이 낯선 두 사람의 기묘한 관계에 호기심을 느끼고, "이 사람은 왜 남의 목줄을 죄고 무자비하게 명령하는지", "저 사람은 무슨 이유에서 목줄이 매인 채 그 명령을 받기 무섭게 수행하는지", "그 무거워 보이는 트렁크는 왜 내려놓지 못하고 있는지" 등등 궁금한 점을 질문합니다. 그에 포조는 "좋은 인상을 줘서 자기를 떼버리지 않게 하려는 것"이라고 답합니다.

럭키는 겉으로는 지식인처럼 보이지만 스스로 살아갈 힘을 잃고 누군가의 노예로 전락한 인물입니다. 그의 사고와 언어조차 포조의 명령에 따라 움직입니다. "생각해!"라는 지시가 떨어지자 럭키는 머릿속에 담긴 지식을 마구 쏟아내지만, 그 웅변은 뒤죽박죽이라 무엇을 말하려는지 전혀 알 수 없습니다. 그럼에도 그는 단조로운 어조로 3쪽이 넘는 긴 독백을 쉼 없이 이어갑니다. 연극 무대에서 단 한 사람이 이토록 긴 대사를 단숨에 소화하는 장면이 또 있을까 싶을 만큼 압도적입니다.

포조와 럭키가 떠난 뒤, 블라디미르와 에스트라공은 그들에게 정신이 팔려 자신들이 무엇을 하고 있었는지 잊어버렸다가 문득 떠올리려 애씁니다. 하지만 별다른 일이 없다는 걸 깨달은 에스트라공은 이내 자리에서 일어나 돌아가자는 제안을 합니다. 그러나 에스트라공의 제안에 블라디미르는 단호히 고개를 젓습니다. 고도를 기다려야지 어디를 가려 하느냐며 말이지요. 결국 두 사람은 다시 주저앉고 기다림은 계속됩니다.

고도가 올 때까지 무엇을 해야 할지 몰라 두 사람이 어정쩡한 자세로 머뭇거리는 사이, 한 소년이 쭈뼛거리며 다가옵니다. 소년은 조금 떨어진 곳에 멈춰 서서 오늘은 고도가 오지 않지만, 내일은 반드시 올 것이라는 메시지를 전합니다. 이 소년은 언제부터인지 모르게 매일 같은 시각에 나타나 같은 말을 반복해 왔을 것입니다. 그러나 두 사람은 이 일이 반복되고 있다는 사실조차 흐릿하게 인지할 뿐, 분명히 기억하지 못합니다. 허탕이니 이제 돌아가야겠지요. 하지만 돌아가자는 말을 주고받으면서도 두 사람은 움직이지 않습니다.

제1막은 이렇게 끝이 나고, 제2막이 열립니다. 그러나 제2막이라고 해서 크게 다르지 않습니다. 어제가 그제와 같았듯 오늘은 어제와 같고, 내일은 틀림없이 오늘과 같을 것입니다. 고도를 기다리며 지루함에 지쳐 있으면서도 다른 할 일이 없기에 두 사람은 무의미한 대화와 엉뚱한 행위로 하루를 보냅니다.

제2막의 유일한 변화라면 포조와 럭키의 관계가 완전히 달라졌다는 점입니다. 하루 사이에 앞을 보지 못하게 된 포조는 이제 럭키에게 이끌려 다니는 처지가 되었고, 럭키는 그런 포조를 떠나기는커녕 오히려 그의 손에 목줄을 더 단단히 쥐어 줍니다. 또다시 소년이 다가오고, 소년은 말합니다.

"고도 씨는 내일 온대요."

두 사람은 그런 줄 알고 있다는 듯 수긍하는데, 왜 오지 않는지를 묻지 않습니다. 그냥 '내일은 오겠지?'라는 막연한 희망을 품은 채 헤어지려 하면서도 꼼짝하지 않습니다.

《고도를 기다리며》를 책으로 먼저 읽었다면 너무 황당했을 것입니다. 연극으로 먼저 만난 뒤 책을 사서 읽으니 그 느낌이 확연히 다가왔습니다. 막연한 기다림, 엉거주춤한 일상, 시작과 끝이 맞물려 다람쥐 쳇바퀴 돌 듯 하는 인생이라는 시간….

대체 고도는 누구일까요? 남자일까요, 여자일까요? 그의 직업, 나이, 성별은 물론이고 사람이기나 한 것인지조차 알 길이 없습니다. 고도가 신을 뜻하는 단어인 영어의 God과 프랑스어의 Dieu를 하나로 압축한 합성어의 약자라는 해석도 있지만 정답은 아니랍니다. 심지어 이 작품을 쓴 베케트조차도 고도가 누구냐는 연출자의 질문에 "내가 그걸 알았더라면 작품 속에 썼을 것"이라고 대답했다지요.

이 작품은 베케트가 제2차 세계대전 당시 남프랑스 보클루즈의 농가에 피신해 있을 때 자신의 상황을 인간 삶 속에 내재된 보편적인 기다림으로 작품화한 것이라고 합니다. 살상의 공포에 짓눌리던 시절, 아무 것도 할 수 없던 사람들이 할 수 있었던 일은 그저 기다림뿐이었을테지요.

지금은 오감을 자극하는 일들이 넘쳐나서 우리는 무엇인가를 기다릴 일이 없어 보입니다. 지루할 틈이 없습니다. 손 안의 스마트폰을 열면 엄청난 영상들이 펼쳐지기 때문입니다. 요즘은 사람들이 길게 보는 것도 지루해 해서 유튜브 쇼츠는 영상 길이를 60초로 제한하고 있습니다.

밤새도록 60초짜리 동영상을 엄지손가락으로 밀어 올리며 지루할 새 없이 시간을 보내는 현대인들, 하지만 그들이 정말로 특별한 동영상을 만난다면 그 행위를 멈출 수 있을까요? 어쩌면 이 무의미해 보이는 영상 넘김도 우리가 진정 만나고 싶은 어떤 장면이나 순간을 기다리는 또 다른 형태의 기다림일지도 모릅니다.

기다리기만 해서는 해결되지 않는다

자, 아무튼 이 작품을 읽으면서, 또는 객석에서 만나면서 '고도가 대체 뭘까'라는 생각에 골몰할 필요는 없습니다. 각자 자기 마음속 깊이 웅크리고 있는 무엇인가를 향한 기다림이 있을 테니, 바로 그것을 고도라고 여기면 될 일입니다.

그 기다림조차 자각하지 못한 채 막연히 기다리다 보면 무료함과 외로움이 찾아옵니다. 블라디미르와 에스트라공처럼 한 박자씩 어긋나는 대화로 의미 없는 주절거림만 이어가며 삶을 보내는 존재가 바로 '나'입니다. 그런 자신에게 실망하며 내적이든 외적이든 무언가 펑! 하고 터지기를 기다리지만, 고도는 여전히 내일 온다는 말만 반복하지요. 삶의 의미를 찾지 못해 고도에게서 해답을 구하려 시간을 죽이는 두 주인공은 깊은 외로움 속에서 결국 "목이나 맬까"라는 말까지 내뱉습니다.

하지만 그마저도 유예합니다. 너무 외로워 죽지도 못하고, 목숨을 끊으려다 내일 고도가 올까 봐 그마저도 포기합니다. 이제 그만 가자고 말은 하지만 끝내 떠나지 못한 채, 엉거주춤한 상태로 머뭅니다. 내 의지로 살아간다고 외쳐도, 돌이켜 보면 삶은 늘 휩쓸려 살아온 날들이었고 죽지 못해 살아왔다며 울먹입니다. 그러나 삶을 포기하기엔 고도의 유혹이 너무나 강렬했고, 그 유혹 속에서 시간을 허비하다 보니 오래 신어 벗기 힘든 가죽구두처럼 인생은 그렇게 구겨져 오늘에 이르렀습니다.

무대 위의 설치물처럼 인생이란 공간에는 영원을 기약하는 뒤틀린 나무 한 그루와 삶의 이력을 구겨 넣은 무거운 트렁크 하나, 어느 사이 너무 작아져 버려 벗기도 힘든 낡은 신발 한 짝과 먼지가 앉은 모자 하나, 그리고 누군가를 묶고 누군가에게 묶이게 된 노끈이 살림살이의 전부일 테지요.

우리는 모두 고도를 기다리는 유한한 존재입니다. 하지만 이를 깨닫지 못하는 이들이 더 많은 세상이지요. 그런 점에서 블라디미르와 에스트라공처럼 자신의 기다림을 자각하는 것은 어쩌면 하나의 큰 깨달음일지도 모릅니다. 작가는 그것만으로도 삶의 지루한 반복 속에 작은 느낌표를 더할 수 있다고 생각한 것 아닐까요.

함께 읽으면 좋은 책

◆ 와시다 기요카즈, 김경원 옮김,《기다린다는 것》, 불광출판사
◆ 박지리,《3차 면접에서 돌발 행동을 보인 Man에 관하여》, 사계절
◆ 프란츠 카프카, 홍성광 옮김,《소송》, 펭귄클래식 코리아

2장

관계를 가꿀수록
삶은 더
빛난다

좋은 관계로 이끄는 책들

진정한 사랑을 위해
버려야 할 것들

가브리엘 가르시아 마르케스 《콜레라 시대의 사랑》

사랑이란 것, 그건 바로 세월도 이기고 콜레라 같은 죽음도 이기는 아주
장한 것입니다.

본문 55쪽 중에서

▌이 책을 선정한 이유 ▌

가브리엘 가르시아 마르케스의 《콜레라 시대의 사랑》은 50년에 걸친 플로렌티노 아리사와 페르미나 다사의 이야기를 통해 사랑의 여러 모습을 탐구한 작품이다. 시간의 흐름 속에서 변해가는 감정을 섬세하게 그려내며, 마르케스 특유의 서정적이고 풍부한 묘사가 이야기에 깊이를 더한다. 콜레라 창궐기의 불안과 혼란 속에서 사랑이 어떻게 생존하고 진화하는지를 통찰력 있게 그려낸 점이 주목할 만하다. 발표 이후 전 세계 독자들의 사랑을 받으며 현대 문학에서 빼놓을 수 없는 작품이 되었다.

"사랑이란 게 무엇일까. 알다가도 모를 사랑, 믿다가도 속는 사랑, 오목조목 알뜰 사랑, 왈칵달칵 싸움 사랑, 무월삼경 깊은 사랑, 공산야월 달 밝은 데 이별한 임 그리는 사랑, 이 내 간장 다 녹이고 지긋지긋이 애태우는 사랑, 남의 정만 다 뺏어가고 줄 줄 모르는 얄미운 사랑, 이 사랑 저 사랑 다 그만두고 아무도 몰래 호젓이 만나 소곤소곤 은근사랑."

사랑에 관한 이야기는 헤아릴 수 없이 많지만, 경기민요 창부타령에서 말하는 이 아홉 가지 사랑은 단연 압권입니다. 이런 사랑 말고 또 어떤 사랑이 있을까요?

사랑이란 건 참 징글맞습니다. 나를 살게 하기도 하고, 죽을 정도로 힘들게 만들기도 하고, 곁에 두고도 다른 사랑을 찾기도 하고, 평생 사랑한 것 같았는데 알고 보니 사랑이 아니었음을 알게 만드는 그런 사랑도 있습니다.

콜롬비아 작가 가브리엘 가르시아 마르케스의 《콜레라 시대의 사랑》은 제목 그대로 사랑을 중심으로 펼쳐지는 이야기입니다. 주인공들의 인생 이야기이자, 그들의 사랑 이야기이며, 동시에 그 사랑의 역사를 담아낸 작품이지요. 마치 경기민요의 노랫말 속에 담긴 모든 사랑의 정서가 이 소설에 고스란히 녹아 있는 듯합니다.

18세기가 끝나가고 19세기가 시작되는 콜롬비아. 스페인 지배에서 해방되고, 노예제도도 폐지되었고, 도시의 귀족들은 몰락해 가고 있는 어느 날, 81세 후베날 우르비노 박사가 자기 집 정원에서 앵무새를 잡으려다 나무 사다리에서 떨어져 숨지고 맙니다.

후베날은 그 지역에서 명망 높은 의사로, 부와 영향력을 겸비한 인물이었습니다. 그는 새로운 치료법을 도입해 지방을 휩쓸던 최후의 콜레라를 퇴치했으며, 자신의 재산으로 의학협회를 설립해 종신회장을 맡았습니다. 또한, 수도와 하수도 체제를 구축하고, 언어 학술원과 역사 학술원의 원장을 지냈으며, 교황으로부터 기사 훈장을, 프랑스 정부로부터는 레지옹 도뇌르 훈장을 받았지요. 예술 대학을 설립하게 하였고 도시 축제도 후원했습니다.

이렇게 그 시대와 그 지방의 상징적인 인물인 후베날은 앵무새 한 마리 때문에 사다리에서 떨어졌고, 하녀의 비명을 듣고 달려온 아내를 쳐다보며 마지막 숨을 내쉬고는 "하느님만이 자신이 얼마나 아내를 사랑했는지 아실" 거라는 애틋하고도 모호한 말을 남깁니다. 평생 그와 함께 결혼 생활을 유지해 온 아내 페르미나 다사는 지독한 슬픔에 잠깁니다.

그는 사별의 슬픔과 상실감에 몸을 가눌 수 없었어도 명망 있는 집안의 안주인으로서 품위와 위엄을 잃지 않았습니다. 수많은 조문객이 후베날 박사의 저택을 찾아와 죽은 자를 향해서 깍

듯하게 예를 올렸고 유가족들에게 진심 어린 위로의 말을 건넸습니다.

그 조문객 가운데 늙수그레한 신사가 있었으니, 그의 이름은 플로렌티노 아리사입니다. 그는 자신의 일처럼 세심하게 장례식을 도왔습니다. 조용하고도 완벽하게 도움을 주었기에 유가족들이 알아차리지 못할 정도였지요.

그렇게 며칠에 걸친 장례식이 끝나고 조문객들이 모두 떠나갔을 때 이제는 홀로 눈물 흘릴 일만 기다리고 있는 페르미나 앞에 플로렌티노가 다가옵니다. 와 주어서 고맙다는 인사를 하려는 순간 플로렌티노가 페르미나에게 고백합니다. 그를 향한 사랑이 반세기 넘도록 아직 식지 않았고 그대는 영원한 나의 사랑이라고 맹세를 한 것이지요.

남편이 죽은 지 사흘이 지나기 무섭게 미망인을 향해 사랑의 세레나데를 부르는 이 남자, 대체 제정신인지 모르겠습니다. 하지만 그에게도 그럴 사정이 있습니다. 소설은 이 두 남녀가 어떤 인생길을 걸어왔는지를 아주 생생하게 그리고 있지요.

사랑과
현실 사이

뼈대 있는 가문도 아니요, 홀아버지에게서 자라난 페르미나는 열세 살쯤에 네 살 많은 청년과 그야말로 운명적인 사랑에 빠졌습니다. 그 청년이 플로렌티노입니다. 그런데 이 청년은 보잘 것 없는 신분이었기에, 신분 상승을 꿈꾸는 소녀의 아버지는 필사적으로 그 사랑을 막았습니다. 권총으로 쏴 죽이겠다고 할 정도였으니 그 반대가 어땠는지 짐작할 만합니다. 결국 두 선남선녀는 맺어지지 못했고, 페르미나는 열여덟 살 되던 해에 그 지방에서 가장 지체 높은 가문인 후베날 박사와 결혼하게 됩니다.

페르미나는 저항했지만 아버지의 뜻을 따르지 않을 수 없었습니다. 그리고 사실 도시에서 가장 명망 있는 남자의 아내로 사는 것도 그리 나쁘지는 않았습니다. 평생 남편 하나만을 섬기며 순종하고, 아내로서의 미덕과 가문의 안주인으로서 의무를 다해왔습니다.

그런데 평생을 함께 살아온 남편이 세상을 떠나자 옛 연인이 이렇게 그 앞에 서서 사랑고백을 하는 겁니다. 이러기까지 51년 9개월하고도 4일을 오직 페르미나를 그리워하며 독신으로 살아온 첫사랑 남자 플로렌티노입니다.

믿기십니까? 그가 이렇게 그 길고 긴 세월 오직 한 여자만을 가슴에 품고 살아올 수 있었던 것은 아이러니하게도 수많은 여성편력을 거친 덕분입니다. 무려 622회에 걸친 여성과의 관계를 공책에까지 기록할 정도로 바람둥이였습니다. 소설을 읽는 내

내 그의 연애담은 마음 편히 받아들이기에 무리였습니다. 그만큼 화려하고도 난잡했지요. 하지만 그가 이렇게 믿을 수 없을 정도로 여자관계가 복잡했던 데에는 이유가 있습니다. 첫사랑 페르미나를 향한 마음이 순결을 유지하기 위해서는 수시로 고개를 드는 몸의 욕구를 충족시키는 수 밖에 없었던 것입니다.

그리하여 쉬지 않고 지독하게 여성들을 탐하면서도 오직 한 여자만을 위한 마음의 순결을 그토록 오래 유지해 왔다는 남자와, 한 남자의 아내로서 결혼의 서약과 순결을 유지해 왔다가 72세에 자유의 몸이 된 여자가 다시 만났습니다.

그 오래 전 풋풋하던 시절의 플로렌티노는 이제 없습니다. 너무 순진해서 사랑을 놓치고 말았지 않았던가요. 그는 수많은 여성편력에서 얻은 경험으로 신중하고도 노련하게 옛 연인에게 다가갑니다. 그리고 페르미나는 아주 천천히 눈을 뜹니다.

남편과는 충실한 부부관계를 이어왔으니 아쉬울 것은 없습니다. 게다가 남편 사후에야 자기 몰래 그가 바람을 피웠다는 소문까지 들어야 했습니다. 어쩌면 그의 남편 역시 '이런 게 사랑이고 부부라는 거다'라는 세상의 고정관념에 자신을 가둬 두고서 남편의 역할에 충실했을 뿐, 정작 사랑은 다른 대상에게서 만끽했던 것일지도 모릅니다.

어찌 되었거나 이 모든 일은 어제의 사건입니다. 페르미나는 그답지 못하게 살아야만 했던 시절이 억울해지기 시작합니다. 그리고 자신의 앞에 펼쳐진 사랑에 좀 더 솔직하게 대응하기로 마음먹지요.

중년의 아들딸은 자신들 나이대에도 사랑이란 것은 우스꽝스러운 감정인데, 70대의 사랑이란 더러운 짓이라며 엄마인 페르미나를 노골적으로 비난합니다. 그러자 엄마는 탄식합니다. 순진한 처녀적에는 너무 젊다는 이유로 앳된 사랑을 깨부수더니 이제와서는 또 너무 늙었다는 이유로 두 사람의 사랑을 모욕한다고 말이지요.

하지만 이제 무엇을 더 망설이겠습니까? 페르미나는 명망 높은 가문의 한 남자의 아내였던 과거와 미망인이라는 압박에서 스스로를 자유롭게 놓아 주기로 결심하고, 그 첫 번째 행동으로 여행을 떠나기로 합니다. 악착같이 돈을 모아 부자가 된 옛 연인 플로렌티노는 자기 회사의 여객선에 그를 태우지요.

두 늙은 연인은 여객선에 올라 여드레 동안 강을 거슬러 올라가고 닷새 동안 강을 내려오는, 길다면 길고 짧다면 짧은 여행에 나섭니다. 여객선을 타고 강을 거슬러 올라가면서 늙은 연인은 서두르지 않습니다. 그저 자연스럽게 편안하게 강과 마음의 흐름에 내맡깁니다. 그리고 마침내 자연스럽게 사랑을 나눕니다.

진정한 사랑은
세월도 전염병도 이긴다

소설은 늙은 연인의 애정신을 아주 솔직하게 그리고 있습니다. 키스를 하려니 입에서 냄새가 나서 망설여지고, 벗겨진 머리에 의치를 빼야 하고, 쭈글쭈글해진 뱃가죽과 축 늘어진 가슴, 말을 듣지 않는 팔다리, 금세 식어버리는 열정…, 게다가 시큼한 냄새가 두 사람에게서 풍겨납니다.

하지만 어쩔 수 없지요. 그게 인생인 걸요. 나이 들어 발효한 냄새입니다. 서로의 마음을 확인한 두 사람을 태운 배가 고향 항구에 도착할 때가 되자 고민에 휩싸입니다. 분명 주변 사람들의 곱지 않은 시선과 온갖 비아냥이 쏟아질 것입니다. 오로지 사랑 하나로 남은 인생을 살아갈 방법은 없을까요?

딱 하나 있습니다. 그건 바로 온갖 선입견과 고정관념과 질투와 비난이 가득한 뭍에 내리지 않으면 됩니다. 하여, 두 사람은 자신들의 배에 노란 깃발을 내겁니다. 이 배에 콜레라 환자가 타고 있다는 표시입니다. 그리고 두 사람은 죽을 때까지 육지에 닿지 않고 강을 오르내리기로 합니다. 쉬지 않고 강을 오르내리겠다는 플로렌티노의 의지가 말도 되지 않는다는 걸 잘 아는 선장이 대체 언제까지 왕복 여행을 할 수 있다고 믿냐고 묻습니다. 플로렌티노는 조금도 망설이지 않고 대답합니다. 53년 7개월 11

일의 낮과 밤 동안 준비해 온 대답, 그것은 바로 "우리 목숨이 다할 때까지"입니다.

소설을 읽으면서 새삼 느꼈던 것은 늙은 연인의 사랑은 첫사랑의 재회가 아니었다는 점입니다. 그건 그대로 시간 속으로 흘려보냅니다. 수십 년 전의 감정은 수십 년 전의 것입니다. 싱싱한 청춘은 사라졌고 세월은 연인을 늙게 만들었습니다. 지금은 쭈글쭈글해지고 비틀거리는 남녀만이 있을 뿐입니다.

그러나 세월 속에서 연인은 무르익었습니다. 부패가 아니라 발효한 연인입니다. 세상의 편협한 시선에도 움츠러들지 않고 오로지 자신의 삶에 집중하는 노련함이 생겼습니다. 원숙해진 두 사람은 이제야 진짜로 사랑을 시작합니다. 지금 하고 있는 사랑이 진짜입니다. 이런 사랑을 이루기 위해 자그마치 53년 7개월 11일이 걸렸습니다. 사랑이란 것, 그건 바로 세월도 이기고 콜레라 같은 죽음도 이기는 아주 장한 것입니다.

 함께 읽으면 좋은 책

◆ 엘리자베스 스트라우트, 권상미 옮김, 《올리브 키터리지》, 문학동네
◆ 파코 로카 글 그림, 성초림 옮김, 《주름: 지워진 기억》, 아름드리미디어
◆ 가브리엘 가르시아 마르케스, 조구호 옮김, 《백 년의 고독》, 민음사

마음을 열고
살아야 하는 이유

빅토르 위고 《레 미제라블》

이 지상에 무지와 비참이 있는 한

이러한 책들이 쓸모없지는 않을 것이다.

1862년 1월 1일, 오뜨빌하우스

빅토르 위고, 송면 옮김, 《레 미제라블 1~3》, 동서문화사, 2016

┃이 책을 선정한 이유┃

빅토르 위고의 《레 미제라블》은 인간의 존엄과 사회적 불의를 치열하게 탐구한 프랑스 문학의 걸작이다. 방대한 서사와 생생한 인물 묘사를 통해 죄와 구원, 사랑과 희생이라는 주제를 심도 있게 다루며 독자들에게 강한 울림을 전한다. 찰스 디킨스는 이 작품을 "전 세계 모든 사람들을 위한 책"이라고 극찬했으며, 빌 클린턴은 "사회 정의와 인간성을 이해하는 데 중요한 작품"이라 평했다. 2007년에는 대검찰청 추천도서로 꼽히기도 했다.

빅토르 위고의 걸작 《레 미제라블》은 비참한 사람, 불쌍한 사람이라는 뜻입니다. 여기서 말하는 불쌍한 사람이란 누구일까요? 빅토르 위고는 작품 앞머리에 정확하게 세 부류의 사람을 명시하고 있습니다.

첫 번째는 사회의 구조적 모순에 의해 범죄를 저지를 수밖에 없고, 결국 죄의 구렁텅이에서 빠져나올 수 없게 되어 버린 소설의 주인공 장 발장 같은 사람입니다.

두 번째는 미혼모가 되어 생계를 이으려다 도저히 어찌할 수 없어 최악의 선택인 매춘으로 나선 가련한 여자 팡띤느입니다.

세 번째는 어려서 부모에게 버림을 받고 학대에 시달리는 어린아이, 소설 속 종달새 같은 소녀 꼬제뜨입니다.

불쌍한 사람
장 발장

장 발장은 굶주린 조카들을 위해 빵 한 조각을 훔쳤다 5년의 징역형을 살게 됩니다. 감옥에 갇히면서 목에 쇠사슬이 잠기는 순간 두려움에 몸을 떨며 눈물을 흘린 그는 탈옥의 기회를 엿봅니다. 몇 번의 탈옥을 감행하지만 그때마다 붙잡혔고, 결국 5년형은 19년으로 늘어납니다. 장 발장은 그 긴 수감의 세월을 지나면서 자신의 행위와 그에 따른 사회적 징벌에 대해 깊이 사색하고 또 사색했습니다.

이 모든 일의 원인은 빵을 훔친 행위였습니다. 그는 생각했지요. '과연 이 숙명적인 사건에서 자신에게만 그 잘못을 인정해야 하는가', '노동자인 자신에게 일거리가 없었고 부지런히 일했지만 빵이 없었다는 것 또한 중대한 문제가 아닌가', '비록 과오를 범하기는 했어도 징벌이 너무 가혹한 것은 아닌가' 등을 곰곰이 따져 보았습니다.

그는 이 사회에 유죄를 선고합니다. 또한, 이런 사회를 만들어 놓은 하늘의 섭리마저도 "유죄!"라며 판결을 내립니다. 아무도 그의 편이 되어 주지 못하고 있는 세상, 사회도 신도 유죄라 단정 짓고 나니 그의 마음에는 증오심만이 끓어올랐습니다.

"장 발장은 흐느끼고 떨면서 항구의 감옥에 들어갔다. 그리고 무감동한 인간이 되어 감옥에서 나왔다. 절망하면서 감옥에 들어갔다가, 침울해져서 나왔다. 그 영혼 속에서 어떤 일이 일어나고 있었던가?"

감옥에서 19년을 지내며 그는 단 한 방울의 눈물을 흘리지 않았습니다. 이 19년이란 세월은 청년을 46살 중년으로 만들어 버렸지요. 세상은 배경도 재산도 학벌도 없는 사람에게서 세월마저 빼앗았습니다. 심지어 죗값을 다 치르고 나온 장 발장에게 세상은 하룻밤 잠잘 숙소도 식은 수프 한 그릇도 내어 주지 않았습니다.

아무 것도 할 수 없어 막다른 골목에서 범죄를 저질렀고, 그에 따른 형벌에 두려워 흐느꼈지만, 이내 분노에 몸과 마음이 딱딱해진 장 발장은 사회에서 다시 냉대를 받자 자신의 적개심이 옳다는 강한 느낌을 받습니다.

이런 장발장에게 손을 내어 준 사람은 미리엘 주교입니다. 하지만 독자들도 아시다시피 주교의 따뜻한 응대에 장 발장은 도둑질이라는 제대로 된 배신으로 보답합니다. 은접시를 훔쳐 달아나다 경찰에게 붙잡혀 주교의 집으로 끌려온 장 발장에게 주교는 말합니다. 은촛대는 왜 가지고 가지 않았느냐고요. 당연히 자신은 감옥에 갈 것이라 믿고 있었던 장 발장은 주교의 행동에 얼이 빠졌고, 주교는 경찰이 물러간 뒤에 그에게 말합니다.

> "잊어버려서는 안 되오. 결코 잊어버려서는 안 되오, 이 은으로 해서 들어오는 돈은, 당신이 정직한 인간이 되기 위한 일에 쓰겠다고 나하고 약속한 일을.(…) 내 형제인 장 발장, 당신은 이제 악에 사는 게 아니라 선에 사는 것이오. 나는 당신을 위해 당신의 영혼을 샀소. 나는 당신의 영혼을 암담한 생각과 파멸의 정신에서 끌어내어 하느님께 바칩니다."

괴테의 작품 속 파우스트는 악마에게 영혼을 팔아버리는데, 《레 미제라블》의 장 발장은 주교에게 영혼이 팔리고 맙니다. 소설을 읽다가 문득 책장을 덮고 생각합니다. 악한 일에 영혼이 팔리는 것과 선한 일에 영혼이 팔리는 것, 어느 것이 우리를 더 혼란스럽게 만들까….

장 발장은 말로 설명할 수 없는 정신적 공황 상태가 찾아옵니다. 도망치듯 주교의 집을 나와서 무작정 발걸음을 옮겼지요. 무감각한 사람이 되어버린 주인공에게 회심의 순간은 이렇게 혼돈의 상태로 찾아옵니다.

바로 그때 의도치 않게 어느 가난한 소년의 은화를 빼앗는 사건이 벌어집니다. 소년은 은화를 달라고 조르다가 장 발장의 거친 태도에 울면서 도망칩니다. 뒤늦게야 장발장은 자신이 방금 무슨 짓을 했는지 알아차립니다. 자신의 억울한 처지에 몰두한 나머지 자신보다 약한 이에게 세상의 비정한 인간들과 똑같은 짓을 저질렀음을 깨달은 그는 소년을 뒤쫓으며 애타게 찾다가 그만 눈물을 터뜨립니다.

그래요, '눈물'입니다. 그는 눈물을 터뜨리며 "나는 불쌍한 인간이다"라고 부르짖습니다. 감옥에 들어간 이후 19년 동안 눈물 한 방울 흘리지 않았던 그가 이렇게 눈물을 흘립니다. 돈이 없고 배우지 못해 사회적으로 멸시를 받은 자신이 불쌍한 것은 물론이지만, 분노에 차서 더 약한 자를 괴롭힌 그런 자신이야말로 진정 불쌍한 존재임을 뼈저리게 느끼게 된 것이지요.

무려 19년 만에 처음으로 눈물을 흘린 이후 장 발장은 소설 속에서 잠시 모습을 감춥니다. 그리고 마들렌이라는 능력 있는 사업가로 다시 등장하고 이후 이웃과 세상을 위해, 비참하고 가난하고 불쌍한 사람들을 위해 할 수 있는 한 선한 일을 하며 살아갑니다. 작가가 서문에 명기한 첫 번째 불쌍한 사람 장 발장에 대한 서사는 이와 같습니다.

더 불쌍한 사람
팡띤느과 꼬제뜨

두 번째로 불쌍한 사람인 팡띤느는 어느 대학생을 만나 순수한 사랑을 믿었지만 농락당하고 아이를 낳게 됩니다. 어떻게 해서라도 아이만큼은 잘 기르고 싶어서 얼핏 온화한 가족처럼 보이는 한 여인숙에 아이를 맡기고 자신은 돈을 벌러 떠납니다.

하지만 여인숙 주인은 팡띤느에게서 돈을 갈취하기에 급급했고, 순진한 팡띤느는 수단과 방법을 가리지 않고 돈을 모아 보냅니다. 세상은 그의 타락을 손가락질하고 팡띤느는 세상의 배신에 깊이 절망한 채 숨지고 맙니다. 팡띤느의 슬픈 운명을 알게 된 마들렌(장 발장)은 그의 딸 꼬제뜨를 찾아 나섭니다.

이제 빅토르 위고가 세상에서 불쌍한 세 번째 부류인 어린 꼬제뜨 이야기를 들려드릴 순서입니다.

팡띤느가 자신의 머리카락을 자르고 하얀 치아를 뽑아가면서까지 딸의 양육비를 보냈지만, 정작 그의 딸 꼬제뜨는 여인숙에서 학대를 받고 노동에 시달리며 살아가고 있었습니다. 이 길고 긴 작품을 읽어가면서 가장 뭉클했던 순간은 꼬제뜨와 마들렌이 처음 만나는 장면입니다.

몹시 추운 어느 겨울 밤, 캄캄한 숲으로 여덟 살 어린 꼬제뜨가 걸어 들어갑니다. 여인숙 주인이 숲속 샘에서 물을 길러 오라고 시켰기 때문입니다. 캄캄한 밤중에 샘으로 물을 길러 가는 일만큼은 피하고 싶었지만 여인숙 주인 여자는 꼬제뜨를 모질게 문 밖으로 내몹니다.

심장이 멎어버릴 정도로 무섭지만 저 암흑 속으로 들어가는 것 외에 소녀에게 허락된 것은 없습니다. 간신히 샘에 도착해서 물동이 가득 물을 채웠지만 돌아가는 길은 더 무섭습니다. 너무 무겁고 너무 춥고 너무 무섭고…. 바로 그때 물동이를 거머쥔 팔이 가벼워집니다. 낯선 사내가 손을 내밀어 그 물동이를 받아든 것입니다. 그가 누구인지는 말을 하지 않아도 알겠지요?

어린 꼬제뜨가 추운 겨울 밤, 캄캄한 숲속 샘까지 이르면서 마음에 일으켰던 두려움의 묘사는 단연 압권입니다. 여덟 쪽에 걸쳐 그려지고 있는데 한 문장 한 문장을 손으로 짚어가며 읽다 보면 나 자신이 여덟 살 꼬제뜨가 되어 춥고, 배고프고, 무섭고 울고 싶어집니다.

출구를 알 수 없는 인생의 험한 길에 놓인 사람들이 이런 심정일까요? 어떻게 해야 좋을지 모르겠는데 운명은 내게 '네 팔자니까 어떻게든 살라'라며 자꾸 내몰고, 그 앞에서 겁을 집어먹고서 머리를 긁적이는 어린아이처럼 황망하게 서 있을 수밖에 없습니다.

장 발장이 불쌍한 고아 꼬제뜨를 입양해 사랑과 정성을 다해 기르고, 마침내 꼬제뜨는 멋진 청년 마리우스와 사랑에 빠지게 된다는 줄거리를 모르는 이는 없을 겁니다. 이런 줄거리는 대단히 피상적인 것에 지나지 않습니다. 우리들 한 개인이 살아가고 있는 것은 역사적인 배경을 무시하고는 설명할 수 없으며, 한 개인의 삶 역시 그 시대의 전체적인 관계에서 생각해 봐야 한다는 사실을 빅토르는 소설 속 장황한 배경 설명을 통해 말해 줍니다.

실패한 혁명,
고개 드는 사랑

《레 미제라블》의 마지막 배경은 1832년 6월 하루 밤과 낮 동안 파리 한 귀퉁이에서 일어난 6월 혁명입니다. 결국은 패배하고 마는 혁명이었지요. 당시 프랑스는 빈부 차이가 극심하고, 옛 전제

왕권을 그리워하는 사람들과 나폴레옹의 혁명시기를 다시 꿈꾸는 사람들 사이의 분열과 견제가 심했습니다.

꼬제뜨의 연인 마리우스는 부유한 귀족 할아버지 손에서 자랐지만 실상은 혁명가의 아들이었지요. 그는 할아버지의 부와 명예를 물려 받을 수 있는 기회를 박차고 혁명에 가담합니다. 손자의 행동을 적극 말리다가 의절하려고까지 드는 할아버지는 지금 우리 사회에서 여전히 뜨거운 감자인 보수와 진보의 갈등을 고스란히 담고 있습니다. 물론 이 두 사람은 극적으로 화해합니다.

소설에는 다양한 사람들이 등장하는데, 작가는 그들 한 사람 한 사람을 또렷한 개성을 가진 인물로 그려냅니다. 돈에 눈이 멀어 어린 꼬제뜨를 학대하는 하숙집 부부가 대표적인 예입니다. 신기하게도 그의 자식들은 부모와는 달리 사랑을 소중하게 여기고, 평등한 세상을 만들기 위해 목숨을 내놓습니다.

장발장을 어떻게 해서라도 감옥에 가두려고 뒤를 쫓던 자베르 형사도 있습니다. 가난한 환경에서 자라나 간신히 명함을 내밀 정도의 사회적 지위를 얻었지만, 그는 과거 자신과 같았던 처지의 사람들에게 너무나도 냉혹한 태도를 취합니다. 당시 법은 기득권자들만을 위한 것이었지요. 자베르는 최소한의 인간적 존엄을 지키기 위해 법을 어길 수밖에 없는 사람들도 절대 봐 주지 않았습니다. 그러다 장 발장의 도움을 받게 되고, 신념과 현실 사이에서 고민하다 스스로 목숨을 끊습니다.

노력하면 잘 살 수 있다는 희망 속에서 살아가는 세상, 하지만 아무리 노력해도 뜻대로 되지 않는 이들이 있습니다. 어떤 사람들에게는 세상이 살 만하고 행복하며 제 뜻대로 되는 곳이지만, 또 다른 이들에게는 빠져나올 수 없는 깊은 늪일 뿐입니다. 형편이 나은 사람들은 "게으르고 무능하며 손쉽게 살 궁리만 한다"라고 비난하지만, 세상은 이미 기울어진 운동장이 되어버렸습니다. 아무리 의지를 다잡아도 그들에게 펼쳐질 미래는 절망뿐입니다.

호숫가 새들에게는 빵을 던져 주면서도 바로 곁에 며칠째 굶주린 아이들이 있다는 사실은 눈치채지 못하는 사람들, 자신들도 비참하게 살면서 체제의 부조리에 저항하는 이들에게 문을 닫아거는 시민들…. 따지고 보면 그 모두가 비참하고 불쌍한 사람들입니다. 이런 처지의 사람들이 서로를 향해 조금만 품을 열어 주는 것 말고는 출구가 없음을 작가는 작품 속에서 넌지시, 그러나 또렷하게 보여 주고 있습니다.

지금 우리 사회의 모습을 작가가 그려낸다면 어떤 인물들이 탄생하고 어떤 플롯으로 펼쳐질까요? 시간과 공간을 뛰어넘는 인간의 정서를 치밀하게 담아내서 전율하였고, 사람 사는 세상에서 벌어지는 모순과 갈등을 거장은 어떻게 풀어냈는지를 엿보아서 찌르르 감동했습니다.

당신의 인생 어느 한 지점에서 바쁜 일 잠시 멈추고 이 길고 긴 장편소설을 천천히 읽어가시기를 권합니다. 어떤 풍요로움을 마음에 가득 담아 부자가 된 것만 같아질 것이요, 내 서가에 꽂힌 저 걸작을 읽어내고야 말았다는 뿌듯함을 챙기게 될 것입니다.

 함께 읽으면 좋은 책

◆ 빅토르 위고, 백연주 옮김, 《웃는 남자》, 더스토리
◆ 표도르 도스토옙스키, 이항재 옮김, 《가난한 사람들》, 민음사
◆ 카를로 레비, 박희원 옮김, 《그리스도는 에볼리에 머물렀다》, 북인더갭

용서를 구하기 전에
먼저 생각하라

이청준 《벌레 이야기》

절대자인 신이나 진리 앞에 선 인간의 한계, 그 한계에 부딪쳤을 때 밀려 드는 고독, 어쩌면 인간이 짊어져야 할 고독 중에 가장 무거운 고독이 아 닐까 합니다.

본문 75쪽 중에서

▌이 책을 선정한 이유 ▌

이청준은 《서편제》를 비롯한 다수의 작품을 통해 인간의 내면과 전통, 사회적 갈등을 섬세하게 그려내며 한국 문학의 깊이를 넓힌 작가로 평가받는다. 그의 문학은 인간의 한계와 고통, 화해와 구원이라는 주제를 철학적으로 탐구하면서도 한국적 정서를 아름답고 깊이 있게 담아냈다. 《벌레 이야기》는 이청준의 철학적 사유와 서정적 문체가 집약된 작품으로, 용서와 존재에 복잡한 질문을 던지며 독자들에게 강렬한 인상을 남긴다.

직장에서의 갈등, 지인과의 다툼, 가족 간의 오해… 살면서 우리는 여러 사람과 다양한 갈등을 경험하며 살아갑니다. 서로 다투고 상처를 주고받는 과정에서 얼마나 마음이 다쳤는지에 따라 상대방에게 먼저 화해의 손길을 내밀기도 하고, 때로는 영원히 관계를 끊기도 합니다. 이러한 어긋남을 지켜보는 주변 사람들은 "빨리 화해하라"라며 쉽게 충고하지만, 상처 입은 마음은 그리 쉽게 아물지 않습니다. 용서는 단순히 말로 끝나는 일이 아니기 때문입니다.

이청준의 소설 《벌레 이야기》는 인간이 겪는 상처의 치유와 진정한 용서에 대해 깊은 성찰을 이끌어 내는 작품입니다. 현실 속에서 마주하는 용서와 화해의 본질을 탐구하며, 그 과정이 얼마나 어렵고도 인간적인지를 조명하는 이야기입니다.

이 작품은 외아들의 비극적인 죽음 이후 깊은 슬픔에 빠져 서서히 무너지는 어머니의 모습을 그린 소설로, 2007년 이창동 감독이 영화 〈밀양〉으로 재해석해 널리 알려졌습니다. 영화에서는 아이를 잃은 엄마 역을 전도연 배우가 맡아 섬세한 연기를 선보였으며, 그를 곁에서 지켜보며 힘이 되어 주는 순박한 청년으로 송강호 배우가 등장해 깊은 인상을 남겼습니다.

하지만 영화와 원작은 상당한 차이를 보입니다. 영화 속에서 중요한 역할을 맡은 송강호 캐릭터는 원작에 존재하지 않고, 대신 외아들의 비극 이후 서서히 망가져 가는 아내를 바라보며 그의 최후를 지켜보는 남편이 등장합니다. 이제 소설 속으로 더 깊이 들어가 보겠습니다.

이야기의 중심에는 초등학교 4학년 남자아이 알암이의 실종과 비극적인 죽음이 있습니다. 약국을 운영하는 알암이 부모는 주산학원 원장의 전화를 받고서야 아이의 실종 사실을 알게 되었고, 그 이후 경찰에 실종신고를 하며 아이가 있을 법한 곳을 뒤졌습니다. 돈을 목적으로 한 유괴일 가능성도 생각했지만, 그 어떤 요구도 오지 않았습니다. 한 달이 지나도 소식이 없고, 주변의 도움은 점차 사라져 갔습니다. 그러나 부모는 포기하지 않았습니다.

결국 실종된 지 두 달이 지난 시점에, 알암이는 주산학원 근처 건물 지하실에서 참혹한 모습으로 발견됩니다. 부모에게 이 사실은 헤아릴 수 없는 충격이었으며, 특히 아이의 어머니는 삶의 의욕을 잃고 무너졌습니다.

그나마 다행인 것은, 이웃인 김 집사 아주머니가 종종 찾아와 따뜻한 말을 건네며 알암 엄마가 삶의 의지를 되찾도록 도와주려 했다는 점입니다. 아이가 사라진 날, 김 집사는 부모에게 달려와 이럴 때일수록 주님께 의지해야 한다고 권했습니다. 너무나 절박한 알암 엄마는 신앙에 매달렸습니다. 하지만 아이는 처참한 시신으로 발견되었지요. 소설은 사실, 지금부터 본격적으로 시작됩니다. 작가는 인간 세상의 온갖 희비극 사건을 두고 저 높은 곳의 섭리와 현실 사이의 간극을 촘촘하게 그려내고 있지요.

막 탄탄해지던 알암 엄마의 신앙은 거품이 꺼지듯 한순간에 무너집니다. 하지만, 신앙이란 것이 바로 이럴 때 필요하지 않을까요? 김 집사는 알암 엄마를 찾아와 간곡하게 위로합니다. 참으로 큰 슬픔이라 해도 거기에 주님의 어떤 섭리가 임하고 계시는지 인간은 모르니까 힘을 내라는 것이지요.

마침내 범인이 붙잡혔습니다. 실종 당일 아이가 학원에 오지 않았다며 걱정 어린 전화를 걸었던 바로 그 주산학원 원장 김도섭입니다. 재건축할 건물 지하실 콘크리트 바닥에 아이를 살해한 뒤에 암매장한 것입니다. 범인이 잡히자 알암 엄마의 분노와 복수심은 극에 달했습니다. 종교도 법도 알암 엄마 앞에서는 의미가 없었습니다.

복수심에 불타오르는 알암 엄마는 가히 살인의 충동에 내몰립니다. 아이가 당한 것과 아주 똑같이 범인을 괴롭히고 지하실 바닥에 묻고 싶어 했습니다. 하지만 사회는 이런 복수를 허용하지 않습니다. 범행을 자백한 그 순간부터 이런 보복으로부터 안전한 보호망 속에 범인은 들어가게 되기 때문입니다.

범인 김도섭은 사형 확정수로 운명의 날만을 기다리게 되었습니다. 이것으로 알암 엄마는 날선 복수심을 내려놓아도 좋았을 것입니다. 하지만 그러지 못했지요. 어떻게 해서라도 그 범인의 목숨을 제 손으로 끊고 싶어 했고, 제 두 팔로 지옥으로 밀어 넣고 싶었습니다. 두 눈에 핏발이 서고 온몸은 부들부들 떨렸겠지요. 이런 알암 엄마 앞에 다시 김 집사가 다가와서 간절하게 설득했습니다. 이제 사람의 심판은 끝났으니 하느님의 심판에 맡기라는 것입니다. 사람에게는 용서할 의무밖에 주어지지 않았으니 범인을 용서하고 그를 동정해야 한다고 말합니다.

알암 엄마는 이런 말을 들을 때마다 소리를 치며 분노했고, 김 집사는 그럴수록 평온한 모습으로 설득했습니다. 그는 차츰 김 집사의 말에 귀를 기울이고, 교회에 다시 나가기 시작했습니다. 오직 아이의 영생과 내세 복락만을 위해 기도하고자 열심히 신앙생활을 했고, 마침내 알암 엄마의 모습에서 저주와 원망기가 잦아드는 기미가 보였습니다. 주님의 사랑에 자신을 맡기겠노라며 스스로 감사의 눈물을 흘리기까지 하였지요.

그런데 김 집사는 거기에서 멈추지 않았습니다. 그가 꺼내든 카드는 바로 '용서'였습니다. 범인을 용서해야 아이의 구원이 확실하다는 것입니다. 이미 신앙의 길에 들어선 알암 엄마는 그 카드를 집어 들었습니다. 사형을 앞둔 범인을 '그 가여운 사람(범인)'이라고까지 부르며 용서하겠노라 말합니다. 다만, 그에게 가서 자신의 용서를 확인시켜 주어야 마음이 편해질 것 같다고 합니다.

간신히 교도소 면회가 허락되었고, 알암 엄마는 그를 용서하기 위해 범인과 마주했습니다. 그러나 그를 맞이한 사람은 '범인'이 아니라 마음의 평화와 안식을 얻은 '회개자'였습니다. 심지어는 자기가 죽인 아이의 엄마를 향해 자신을 책벌하라고 청하기까지 하였다지요. 알암 엄마 마음을 위로할 수만 있다면 어떤 벌이라도 달게 받겠다는 것입니다.

사달은 여기서 벌어졌습니다. 절망과 분노와 복수의 나락에서 간신히 몸과 마음을 일으켜 세운 알암 엄마가 사형수 김도섭의 면회를 가서 목격한 것은 이미 그는 주님에게서 죄 사함을 받아서 너무나도 평온한 상태였다는 사실입니다. 심지어는 유가족의 마음이 편해진다면 자신을 맘껏 벌하라는 말까지 했습니다. 게다가 사형을 기다리고 있는 그는 하루라도 빨리 천국으로 가게 되었으니 행복하다는 것입니다. 신앙의 입장에서 보면 사형수의 이 말은 크나큰 회개요 회심의 증거이지만, 사람의 차원에서 보자면 이건 어불성설입니다. 마치 자선사업이라도 하려는 듯 교만하게까지 보입니다.

알암 엄마는 외칩니다. 내가 용서를 하지 않았는데 내 자식을 죽인 저 범인을 누가 나보다 먼저 용서할 수 있느냐고요. 김 집사는 알암 엄마를 안타깝다고 말합니다. 범인을 용서하지 못하는 것은 믿음이 모자라기 때문이라고 단정합니다. 하지만 분노에 사로잡힌 알암 엄마는 줄기차게 묻습니다.

이런 일이 왜 벌어졌는가? 용서해야 하는가? 누가 용서해야 하는가? 아이의 불행은 비신자인 아이 엄마가 주님을 영접하기 위한 장치였는가? 범인이 참회하고 신의 사랑을 받아들이면 그 죄는 사라지는가?

종교는 죄인을 용서하라고 가르치지만, 알암 엄마는 그런 종교 자체를 용서할 수 없다고 단언합니다. 이에 김 집사는 주님이 용서하셨다면 인간도 용서해야 한다며, 인간은 신의 계획을 모두 이해할 수 없다고 그를 설득하려 합니다. 심지어는 범인에게서 용서를 받아야 한다는 말까지 하는 김 집사의 설득에 알암 엄마는 두 손을 들어버립니다.

두어 달 뒤, 김도섭의 사형이 집행되었습니다. 그는 마지막으로 자신으로 인해 고통받는 유가족을 위해 기도하겠다는 말을 남깁니다. 하필 알암 엄마는 라디오를 통해 이 뉴스를 듣게 되고, 이틀 뒤 아무런 유서도 남기지 않은 채 약을 마시고 세상을 떠납니다.

소설은 이렇게 끝이 납니다. 살인자 김도섭은 천당에 갈까요? 죄 없는 어린아이를 처참하게 죽였는데 말입니다. 자살한 아이의 엄마도 천당에 갈까요? 신의 사랑을 불신하고 스스로 목숨을 끊었는데 말입니다.

누구를 위한
용서인가

이 작품에 대해서 철학자 김용규 교수의 해설이 흥미롭습니다. 용서의 대상인 '죄'에는 존재론적인 죄와 도덕론적 죄를 논하면서 말합니다. 존재론적인 죄란 신에게 등을 돌리는 원죄요, 도덕론적 죄란 그런 인간이 사회적으로 저지르는 범죄라는 것이지요. 그러니 소설 속에서 범인 김도섭이 사함을 받은 죄는 존재론적인 죄를 말하는 것이지 도덕론적인 죄에 대해 용서를 받은 것은 아니라는 말입니다.

도덕론적인 죄를 용서할 권리와 기회는 사람에게 있는데, 이것을 냉철하게 갈파하지 못하고 또 아무도 일러 주지 않아서 스스로 목숨을 끊고 만 알암 엄마가 딱하다고 탄식합니다. 신학의 관점에서 이보다 명쾌한 해설은 없습니다. 만약 알암 엄마가 이러한 신학적 이해를 가졌더라면, 그의 비극적인 최후는 피할 수 있었을지도 모릅니다.

소설을 읽으며 가장 가슴 아팠던 부분은 깊은 슬픔 속에 있는 알암 엄마에게, 마치 신의 대리자인 양 용서를 강요한 김 집사의 태도였습니다. 과연 그는 그의 상실과 고통에 진정으로 공감했을까요? 아무리 종교가 위대하다 해도, 이 땅에서 펼쳐지는 삶 속에서는 인간의 고통과 일이 우선되어야 하지 않을까요?

슬픔과 아픔에 빠져 신의 섭리에 고개를 들며 저항하는 인간을 이해하지 못하고, 오히려 그 반발을 꺾으려는 데만 집중하는 종교인들의 모습. 작가는 이 지점을 소설 속에서 날카롭게 파헤칩니다. 이미 인간으로서의 고통과 슬픔이 견디기 힘든데 거기에 신이라는 섭리마저 받아들이라는 요구가 더해질 때, 인간은 더욱 깊은 절망에 빠지게 됩니다. 그리하여 절대자에게 가장 크게 저항하게 되지요. 절대자인 신이나 진리 앞에 선 인간의 한계, 그 한계에 부딪쳤을 때 밀려드는 고독, 어쩌면 인간이 짊어져야 할 고독 중에 가장 무거운 고독이 아닐까 합니다.

주변을 둘러보면 언제나 갈등이 있고, 가해자와 피해자가 생겨납니다. 이때 제삼자가 나서 용서와 화해를 제안합니다. 그 제안은 분명 아름다워 보이지만, 신중해야만 합니다. 용서와 화해로 가는 길은 멀고 험하며, 그 과정에는 충분한 시간이 필요하기 때문입니다.

가해자는 자기가 대체 무슨 짓을 해서 누구에게 어떤 피해를 입혔는지 또렷하게 인지하고 절감해야 합니다. 그리고 피해자 앞에 진심으로 잘못을 뉘우치며 용서를 구해야 합니다. 피해자가 용서하지 않으면 잘못은 끝나지 않습니다. 용서받기란 쉽지 않습니다. 용서는 피해자의 몫이기 때문입니다. 진심으로 용서받기까지 진득하게 기다려야 하는 일이 또 하나의 형벌일 수도 있습니다.

그런데 세상은 너무나 쉽게 용서와 화해를 종용합니다. 상처를 덮고 앞을 향해 나아가자고 떠밉니다.

"빨리 잘못했다고 빌어."

"잘못했다고 하잖아. 그러니까 용서해 줘. 그리고 이제 두 사람 악수하고 화해해!"

아, 용서와 화해가 참 빠르기도 합니다. 소설은 이 무책임하고 경솔한 행태를 고발하고 있지요.

문득 제목이 왜 《벌레 이야기》인지 궁금해집니다. 소설에서 아무리 찾아봐도 벌레라는 글자는 아예 등장하고 있지 않기 때문입니다. 거대한 종교 앞에서 인간이 벌레라는 말일까요? 잔혹한 범죄를 저지르고도 교만한 용서를 들이민 그 범인이 벌레라는 말일까요? 아니면 인간의 아픔보다 신의 역사를 강요한 김 집사가 벌레라는 말일까요?

책에서는 명확한 답을 주지 않기에 오히려 더 많은 질문을 던지며 깊은 여운을 남깁니다. 이 제목은 아마도 오랫동안 가슴속에 화두로 남을 것 같습니다.

함께 읽으면 좋은 책

◆ 표도르 도스토옙스키, 김학수 옮김, 《죄와 벌》, 문예출판사, 2013
◆ 이청준, 《당신들의 천국》, 문학과지성사, 2012
◆ 조나단 트리겔, 이주혜, 장인선 옮김, 《보이 A》, 이레, 2009

3장

내면부터
세련된 사람이
되려면

삶을 성찰하는 책들

무엇을 위한
희생인가

오노레 드 발자크 《고리오 영감》

고리오 영감의 은밀한 불행 이야기를 읽은 다음 당신은 자기의 무심함
일랑 저자의 탓으로 돌려버리고 맛나게 저녁을 먹을 것이라는 말이다.

오노레 드 발자크, 임희근 옮김, 《고리오 영감》, 열린책들, 2013

▌이 책을 선정한 이유 ▌

《고리오 영감》은 프랑스가 배출한 가장 위대한 소설가 중 한 사람인 오노레 드 발자크의 대표작으로, 발자크의 방대한 '인간희극' 시리즈에서 핵심적인 위치를 차지하는 작품이다. 부모와 자식 간의 관계, 계층 간 갈등 등을 사실적으로 묘사해 당대 프랑스 사회의 민낯을 치밀한 문체로 보여 준다. 또한, 이 작품에서 발자크는 주요 인물을 다른 작품에 재등장시키는 '인물 재등장' 기법을 최초로 도입했으며, 이는 톨킨의 《반지의 제왕》이나 마블의 세계관에까지 큰 영향을 미쳤다.

프랑스 파리의 라탱 구역과 생마르소 동네 사이의 뇌브생트주느비에브 길에 자리한 보케 부인의 하숙집에는 가난한 사람들이 모여 살고 있습니다. 너덜너덜하고 궁핍함과 가난이 지배하는 곳으로 묘사되는 보케 하숙에는 고리오 영감과 시골에서 올라온 법학도인 청년 라스티냐크를 포함해 모두 일곱 사람이 살고 있습니다.

고리오 영감은 처음 이 하숙집에서 독채를 세내어 살았지만 무슨 사정에서인지 차츰 누추한 방으로 옮겨갔습니다. 꽤 멋있는 옷가지들과 보석, 은식기들을 지녔건만 어느 사이 하나도 남아 있지 않습니다. 이따금 정체 모를 귀족 여인들이 조용히 방문하기도 해서 하숙인들은 고리오 영감에 대해 이러쿵저러쿵 말이 많은데 그는 아무 말을 하지 않습니다.

같은 하숙집에 머무는 청년 라스티냐크는 남부 출신으로, 가족의 미래를 책임져야 하는 상황에 놓인 법학도입니다. 어린 시절부터 가족들이 자신에게 거는 기대를 잘 알고 있었기에, 그는 반드시 성공하여 세상을 손아귀에 넣겠다는 야망을 품고 있습니다. 하지만 파리에서의 삶은 그에게 성공의 지름길을 빠르게 깨닫게 해 줍니다. 바로 돈 많고 신분이 높은 귀족 여인의 애인이 되는 것이죠.

야망에 불타는 라스티냐크는 먼 친척인 보세앙 자작 부인의 파티에 초대받아 파리 사교계에 첫발을 내딛습니다. 그곳에서 그는 키가 크고 우아한 매력을 가진, 파리에서 가장 맵시 좋은 여인 가운데 하나로 꼽히는 아나스타지 드 레스토 백작 부인을 만나게 됩니다. 그런데 놀랍게도 이 아나스타지(애칭 나지)는 추례한 모습으로 하숙집에 살고 있는 고리오 영감의 딸이었습니다.

고리오 영감의 처지는 이렇습니다. 과거 밀가루 장사로 꽤 큰 돈을 모은 고리오 영감은 아내와 사별하고 난 뒤에 평생 독신으로 살면서 두 딸에게 아낌없는 사랑과 경제적 지원을 퍼붓는 아버지입니다. 그의 인생 목적은 오직 하나입니다. 눈에 넣어도 아프지 않은 두 딸을 여신처럼 키워서 장차 좋은 혼처를 찾아서 결혼시키고, 배우자와 행복하게 살아가는 모습을 보는 것입니다. 늙어서 상류층의 부유한 마님이 된 두 딸의 집을 오가며 노후를 보내는 것이 고리오 영감의 바람이었죠.

두 딸을 바라보면 자부심이 벅차올랐고, 그가 이 세상을 사는 의미가 분명해졌습니다. 어릴 때부터 공주처럼 풍요롭게 자라온 두 딸은 아버지 바람대로 품위 있고 우아하고 세련된 귀족 가문의 아가씨들에게도 빠지지 않았지요. 그리고 마침내 아버지의 막강한 물량공세와 본인들의 아름다움 덕분에 귀족 사회에 진입하는 데에 성공합니다. 큰 딸 나지는 아버지의 도움으로 백작 부인이 되고, 작은 딸 델핀은 은행가와 결혼해 더 큰 부자가 되었습니다. 내로라하는 가문의 남자와 결혼하였지만 아버지가 챙겨 준 두둑한 지참금으로 남편 앞에서 기가 죽지 않았습니다.

이들을 둘러싼 소문은 모르는 사람이 없습니다. 고리오 영감이 딸들에게 얼마의 지참금을 주어 시집을 보냈는지, 왜 가진 돈을 다 털어 주고 자신에게는 몇 푼 남겨 놓지도 않았는지, 어쩌다 딸들이 귀족부인이 되었음에도 그렇게 가난한 동네에서 혼자 살고 있는지 등등 소문도 다양합니다. 사실 고리오 영감은 딸들이 상류층에 시집가고 나면 자신의 노년은 두 딸이 돌봐 줄 거라 희망했던 것이었습니다. 하지만 딸들이 시집간 뒤 2년 만에 사위들에게 비렁뱅이 취급을 당하며 상류사회에서 추방당했던 것이죠.

딸들은 아버지의 돈으로 귀족 부인이 되었지만 과거 제면업자인 아버지가 자신들의 살롱에 오는 것을 부끄러워했고, 아버지는 딸들의 체면을 위해 뒤로 물러났습니다. 또한, 사위들도 대놓고 무시하면서도 그의 돈을 노렸습니다. 두 딸에게 19세기 프랑스 사교계는 만만하지 않았습니다. 종종 열리는 파티에 얼굴을 내밀어야 하고, 가장 화려한 드레스와 그에 어울리는 보석 장신구도 필수입니다. 당시 유럽 사교계는 애인을 만들어 용돈을 쥐어 주고, 심지어 노름빚까지 갚아주는 일도 비일비재했습니다. 돈이 어마어마하게 들어갔겠죠?

어떻게 해서든 딸들의 허영심을 채워 주던 고리오 영감은 우아한 여신처럼 차려 입은 딸들을 멀리서라도 지켜보는 걸 삶의 낙으로 삼았으나, 그 대가로 점점 더 가난해졌습니다. 하숙집에서 1천 2백 프랑인 독채에 머물던 그는 3년 만에 45프랑짜리 작은 방으로 밀려났고, 하숙집 여주인이 그를 부르는 호칭도 '고리오 씨'에서 경멸이 담긴 '고리오 영감'으로 바뀌었습니다.

그래도 아버지는 행복했습니다. 불행하다는 생각을 전혀 하지 못했습니다. 여전히 딸에게 무엇인가를 더 해 주지 못하는 것이 속상했습니다. 그는 딸들에게 모든 것을 다 빼앗기고 만남조차도 쉽지 않다는 현실을 애써 부정합니다.

"나는 딸애들의 남편과 사이가 안 좋아 그 소중한 아이들이 괴로워 지는 것을 원치 않았다오. 그래서 딸아이들을 몰래 보는 편을 택한 거요."

딸들이 외출할 때를 미리 알아내서 화려하게 차려입은 딸들을 몰래 봅니다. 사람들이 "참 미인이네"라고 감탄하는 소리가 들리면 가슴이 벅차올라 온 세상이 황금빛으로 물드는 것 같다는, 말 그대로 딸 바보 아빠 고리오 영감입니다.

고리오 영감은 사람들의 수근거림에도 아랑곳하지 않고 모든 집기를 전당포에 잡히고, 먹는 것도 절약하고, 추운 겨울에 난로를 피우지 않으면서까지 딸들의 상류층 생활을 아낌없이 지원해 줍니다. 그가 바란 것은 단 하나, 꽃보다 아름답고 사랑스러운 두 딸이 그 누구보다도 아버지를 사랑한다는 것을 확인하는 것입니다.

상류사회에 진입하기 위해 수단과 방법을 가리지 않기로 한 가난한 법학도 라스티냐크는 고리오 영감의 첫째 딸과 연분을 맺기가 여의치 않자 그의 둘째딸인 델핀 드 뉘싱겐 남작 부인에게 다가갑니다. 그리고 두 사람은 곧 연인 사이가 되지요. 하지만 라스티냐크는 온통 돈으로 이어진 인간관계의 속살을 들여다보며 깊은 회의에 빠집니다.

위선과 허영 끝에
남겨진 것

아버지의 사랑과 헌신 끝에 되돌아온 것은 딸들의 무관심과 배신뿐이었습니다. 딸들은 제 사는 일에 바빠서 아버지가 죽어간다는 소식을 들어도 허름한 하숙집은 찾아오지 않습니다. 딸들에게 아버지는 영원히 살아서 자신들을 위해 목숨까지도 내놓을 분이니 대수롭지 않게 여겼던 것이지요.

추운 겨울, 거지처럼 몰락한 뒤 정작 자신의 싸구려 관 하나 살 돈도 남기지 못한 고리오 영감은 그제야 자신의 인생이 성공적이지 못했다는 것을 깨닫습니다. 두 딸을 저리도 매정하게 키운 건 바로 자기 자신이라고 탄식하면서 아내의 머리카락과 두 딸의 이름이 새겨진 목걸이 하나만 남긴 채 자신의 장례비조차도 없어 이웃의 가난한 젊은이들에게 의지한 채 숨을 거두고 맙니다.

"만약 사위와 딸들이 자네가 쓴 비용을 내지 않겠다고 하면, 묘비에 이렇게 새기도록 해. '레스토 백작 부인과 뉘싱겐 남작 부인의 아버지인 고리오 씨, 두 대학생의 비용으로 묻혀 여기 잠들다'라고."

가난한 고리오 영감에게는 단 한 푼도 남지 않았고, 하숙집 주인은 시신을 감쌀 시트조차도 돈을 내야 제공하겠다며 으름장을 놓습니다. 똑같이 가난한 하숙집 이웃들은 방금 숨이 멎은 고리오 영감에 대해 그 어떤 말도 하려 들지 않습니다. 죽은 사람은 죽은 사람이고, 돈이 안 되는 이야기를 해서 뭣하냐는 것이지요.
발자크는 비릿한 세상의 인심을 아주 절절하게 그려내는 데 천재입니다. 이런 부조리를 끝까지 지켜본 라스티냐크는 고리오 영감을 묻고서 등불이 켜지기 시작하는 파리를 내려다보며 이제 파리와 자신, 둘만의 대결이 펼쳐진다고 외칩니다.
사람답게 살려면 수단과 방법을 가리지 않고 상류층의 사교계에 얼굴을 내밀어야 했던 19세기 프랑스 파리는 늘 시기하고, 질투하고, 보여 주기 급급하고, 서로 견제하려 소문을 내고, 배우자의 불륜을 눈감아 주는 대신 그걸 신분상승과 재산 형성의 디딤돌로 삼던 사회였습니다. 입으로는 온갖 교양과 예술을 읊어대지만, 사실 그들이 쫓아다닌 것은 돈과 쾌락이었죠. 그런 시절에 사랑하는 자식에게 그 사랑을 표현할 길이 돈뿐이었던 고리오 영감의 마지막이 안타깝기 이를 데 없습니다.

귀족 사회는 귀족 사회대로, 서민들은 서민대로 모두가 오직 돈만 쫓아다녔습니다. 오로지 성공만이 전부이고, 쾌락을 누리는 데 모자람이 없어야 한다는 생각은 19세기 프랑스 파리나 오늘날 우리 사회나 그리 다르지 않은 것 같습니다.

삶의 목적이 행복이란 건 누구에게나 같겠지만 그 행복이란 것이 무엇을 통해서 얻어지는 것이냐는 저마다 다릅니다. 사랑하는 자식이 부모의 희생을 디딤돌 삼아 멋지게 인생을 살아간다면 부모로서는 크나큰 보람일 수도 있겠지요.

하지만 자신이 무엇을 디딤돌 삼았는지 돌아보고 살펴볼 생각조차도 하지 않는 자식이라면 문제가 달라집니다. 세상에는 저절로, 그리고 당연히 되는 일은 없는 법입니다. 얼마나 소중한 것이 자신을 위해 희생되었는지를 아는 사람은 자신이 얻은 온갖 혜택을 귀하게 여깁니다. 그것이 귀한 줄 아는 사람은 세상의 인연을 따뜻하게 보듬고 또 누군가의 가치 있는 삶을 위해 디딤돌이 되어 줍니다.

죽어가는 아버지는 마지막까지 두 딸을 기다리지만 너무 늦었습니다. 아버지는 끝내 회한에 가득 차서 눈을 감았고, 그가 세상에 남긴 귀한 두 딸은 허영과 위선에 가득 찬 세상에서 낙오자가 되었습니다. 고리오 영감이 보고 싶었던 것이 이런 두 딸의 모습은 아닐 텐데 말이지요. 어쩌면 고리오 영감은 두 딸을 통해 자신의 허영심을 채우려 했던 게 아닐까 합니다. 어떻게 보아도 쓸쓸한 결말입니다.

 함께 읽으면 좋은 책

◆ 윌리엄 셰익스피어, 박우수 옮김, 《리어 왕》, 열린책들
◆ 슈테판 츠바이크, 안인희 옮김, 《츠바이크의 발자크 평전》, 푸른숲
◆ 위화, 최용만 옮김, 《허삼관 매혈기》, 푸른숲

진정한 성공은
단번에 이뤄지지 않는다

조지 레너드 《마스터리》

삶에서 진정으로 성공하려면 삶은 극적인 이벤트의 연속이 아니라 지난한 일상의 연속으로 이뤄진다는 것을 알아야 한다.

조지 레너드, 신솔잎 옮김, 《마스터리》, 더퀘스트, 2021

┃이 책을 선정한 이유┃

조지 레너드의 《마스터리》는 전 세계인들에게 자기개발 필독서로 자리 잡은 책이다. 출간된 지 30년이 지난 지금도 매년 미국의 여러 자기계발 독서클럽에서 새해 첫 책으로 추천되며, 많은 독자가 이 책을 통해 인생의 방향을 다시 설정할 수 있었다고 입모아 이야기한다. 아마존에는 "어릴 때나 지금이나 여전히 큰 가르침을 준다", "나를 일으켜 준 책" 등등 1,700개가 넘는 후기가 올라와 있으며, 삶의 지속적인 성장과 끈기에 대한 깊은 깨달음을 제공하는 책으로 평가받고 있다.

모든 것이 빠르게 돌아가는 성과 중심의 사회에서 우리는 늘 "더 빨리, 더 많이"라는 요구에 압도됩니다. 끝없이 이어지는 목표와 성취의 압박은 우리의 일상뿐만 아니라 마음마저 지배합니다. 이런 속도에 지쳐 잠시 멈춰 쉬고 싶어도, 그 시간을 온전히 누리기는 쉽지 않습니다. 왜냐하면 쉬는 순간에도 '무언가를 해야만 한다'라는 강박에서 자유롭지 못하기 때문입니다.

이 강박은 우리가 쉬는 법은 물론이고, 꾸준히 살아가는 법마저 잊게 만듭니다. 잠깐의 여유를 가지려 해도 그 시간조차 성과로 채워야 할 것 같은 불안감이 우리를 가만두지 않습니다. 예컨대 한가롭게 누워 있는 자신을 보며 "이래도 괜찮은 걸까?"라며 스스로를 몰아세웁니다. 결국, 제대로 쉬지도 못한 채 몸과 마음의 피로는 쌓이고, 삶의 의욕마저 잃게 됩니다. 이러한 악순환은 과로와 스트레스로 이어지고, 마침내 번아웃 상태에 빠지게 합니다.

왜 우리는 이렇듯 쫓기는 듯한 삶을 살게 되었을까요? 성과가 모든 것을 평가하는 사회에서는 "잠깐 멈춰 돌아보자"라는 말조차 허용되지 않습니다. 빠르게 결과를 내야 한다는 압박 속에서 지난날을 성찰하거나 여유를 갖는 것은 낭비로 간주되고, 꾸준히 배우고 익히는 과정은 단순하고 무의미한 일로 여겨지기 일쑤입니다.

우리가 이토록 성과에 집착하는 이유는 사회적 성공의 기준이 효율성과 결과로만 정의되기 때문이겠지요. 그러나 진정한 성공은 단기간에 이루어지는 것이 아닙니다. 꾸준히 시간을 들여 한 걸음씩 나아가며, 때로는 정체기를 받아들이고 견뎌내는 과정에서 얻어지는 것입니다. 이러한 삶의 방식은 단순히 효율이나 성과를 넘어, 자신이 진정으로 원하는 삶의 방향을 찾고 스스로 삶을 주도해 가는 데 핵심적인 역할을 합니다.

조지 레너드의 《마스터리》는 이러한 성장의 과정을 깊이 탐구합니다. 이 책은 단순히 결과를 향해 달려가는 것이 아니라, 그 과정 속에서 배우고 성장하는 법을 알려 줍니다. 마스터의 길은 누구나 단숨에 정복할 수 있는 쉬운 여정이 아닙니다. 실패와 정체기, 그리고 느리고 서툰 연습의 시간이 쌓여야 비로소 가능해지는 길입니다.

성공의 길을 가로막는
세 가지 함정

이따금 〈생활의 달인〉이라는 프로그램을 봅니다. 주변에 살고 있는 평범한 이웃이 자신이 가장 좋아하고 잘하는 한 분야에서 묵묵히 시간을 들이고 품을 들이며 실력을 닦아가다가 성공을 하기도 하고, 또는 그 일로 살아가는 맛과 멋을 만끽한다는 내용의 프로그램이지요. 달인이 바로 마스터(Master)이고, 마스터로 가는 길이 마스터리(Mastery)입니다.

짐작하겠지만, 마스터로 가는 길이 탄탄대로 성공가도이지는 않습니다. 절대로! 영원히 헤어나지 못할 것 같은 실수와 실패, 아마존의 늪보다도 더 징그럽게 가라앉히는 정체기는 피할 수 없습니다. 그럼에도 묵묵히 연습하고 또 연습해야 합니다.

조지 레너드의 책 《마스터리》의 특징은 저자가 인간잠재력 분야 연구의 선구자이자 인문학자이면서도, 합기도라는 스포츠를 연마하면서 터득한 실전 속 지혜를 담고 있다는 점입니다. 머릿속으로 떠오르는 이야기를 기술한 것이 아니라 몸을 움직이고, 상대방과 몸을 부딪치고, 땀을 흘리고, 승급심사에 임하고, 부상을 당하고, 입문자를 가르치면서 하나씩 배워 나간 실전의 기술이라는 점입니다.

많은 사람이 성공하고 싶어 합니다. 자기 분야에서 마스터가 되기를 원하지만 모두가 마스터가 되지 못하는 이유는 끈기 부족, 조급함, 번아웃 등등과 같이 그 과정 속에 놓인 여러 걸림돌에 가로막히기 때문입니다.

저자는 세 가지 유형의 사람이 있다고 말하는데, 첫 번째 유형은 여기저기 손대는 사람입니다.

"이 유형의 사람은 새로운 스포츠나 경력 기회, 대인 관계를 접할 때 굉장한 열의를 갖고 시작한다. 뭔가를 처음 시작할 때 따르는 의식과 멋진 장비, 낯선 용어 등 새로움이 주는 반짝임에 매료된다."

눈을 반짝이며 바싹 달아오른 호기심에 몸을 내맡깁니다. 강사를 집어삼킬 듯이 다가가서 빨리 다음 과제로 넘어가자고 조릅니다. 하지만 그 호기심과 열의는 이내 사그라듭니다. 이어서 찾아오는 정체기를 용납하지 못하고 다른 관심거리로 옮겨가죠. 저자는 이런 사람을 '영원한 어린아이'라 부릅니다.

두 번째 유형은 강박에 사로잡힌 사람입니다.

"이 유형은 최종 결과를 중요시하며 차선에 만족하지 않는다. 중요한 것은 결과일 뿐 과정은 상관없으므로 무조건 빨리 결과를 얻고자 한다."

첫 번째 수업이 끝나기 무섭게 강사에게 달려가서 피드백을 구하고 다음 과제를 내 달라고 요구합니다. 성과를 내야 한다는 강박에 사로잡혀서 입문자인 자신의 처지를 잊고 한 발 한 발 내디뎌야 하는 과정을 견디지 못합니다. 이 열의에는 정체기가 필요합니다. 그래야 딛고 있는 땅을 다지고 재도약을 할 수 있지요.

하지만 자신과 주변 사람들을 너무 혹독하게 몰아친 나머지 목적지까지 가는 데 실패하고 마음의 상처를 입습니다.

세 번째 유형은 현실에 안주하는 사람입니다.

"이들은 앞서 두 유형과 다르다. 뭔가를 터득한 후에는 영원히 정체기에서 안주하려 한다. 다시 말해서 스스로 괜찮다고 여기는 수준이거나 사람들과 어느 정도 어울릴 수준이면 굳이 마스터리의 단계를 거치려 하지 않는다."

안분지족(安分知足)이라고 해야 할까요? 그 정도면 됐다고 생각하고 멈추니 현명하게 보이기도 하지만 다른 시선으로 보면 늘 그 자리에 머무는 것과 다름없습니다. 그러면서 나는 왜 맨날 이 모양 이 꼴인가를 탓하며 자신의 현재에 실망하기 일쑤이지요.

자신에게서 이 세 가지 유형 가운데 한 가지가 발견되고 그대로 사는 것도 괜찮다고 생각한다면 나쁘지는 않습니다. 하지만 이왕 태어났으니 내게 어떤 능력이 숨어 있는지, 내게 어떤 취미가 있는지를 찾아내 보는 것도 멋지지 않을까요? 나는 이 세상에서 딱 하나밖에 없는 귀한 존재이니, 내가 품고 있는 고유한 빛깔을 펼쳐보고 내가 아직 드러내보지 못한 미지의 능력을 실현해 보는 것도 살아가는 귀한 이유가 될 수 있을 것입니다. 다시 말씀드리지만 그 길을 걸어가는 길을 이 책의 제목인 마스터리라고 합니다.

인생은
비움이다

누군가가 "인생이란 무엇인가?" 하고 묻는다면 뭐라고 대답하시겠습니까? 저자는 "인생이란 배움"이라고 말합니다.

많은 사람들이 초등학교에서 시작해 고등학교까지 기본적인 배움의 과정을 거칩니다. 그러나 그 시기의 배움은 스스로 갈증을 느껴 자발적으로 시작한 것이 아닙니다. 부모의 권유로 학교에 가고, 남들이 하니까 자연스럽게 따라간 경우가 대부분이지요. 그리고 고등학교를 졸업한 뒤에는 학교에서 배운 것이 쓸 데가 없다면서 더 이상 배우려 들지 않습니다. 그런데 이걸 아시나요? 정작 배움의 시작은 고등학교 졸업장을 받은 다음부터라는 것을 말입니다.

사는 것이 배우는 일이요, 생활 터전이 나의 학교라고 생각한다면 이제 다음과 같이 질문해야 한다고 저자는 말합니다.

첫 번째 질문은 '누구에게서 배울 것인가'입니다. 어떤 사람을 스승으로 만나야 할 것이며, 스승으로 삼았을 때 어떤 마음가짐으로 가르침을 받을 것인가는 매우 중요합니다.

두 번째 질문은 '어떻게 연습할 것인가'입니다. 배운다는 것은 새로운 지식을 터득하는 것이기도 하지만 이미 익힌 것을 자꾸 되뇌고 되새기는 것이기도 합니다.

세 번째 질문은 '무엇을 버려야 하는가'입니다. 기존의 지식이나 선입관, 고정관념 등으로 가득 차 있다면 그 사람은 어디서 누구를 만나도 배우지 못합니다. 맑은 물을 새로 담고 싶다면 찻잔을 채우고 있는 물은 버려야 합니다.

네 번째 질문은 '내가 바라는 모습은 무엇인가'입니다. 자기가 바라는 대상을 향해 마음과 행위를 준비시키는 의식 또는 활동을 지향성(intentionality)라고 합니다. 다시 말해 마음에 구체적으로 그려보는 일이죠. 오래 전 골프의 신화를 쓴 잭 니클라우스는 공이 완벽하게 날아올라 성공적으로 목적지에 안착하는 모습을 머릿속에 그리지 않고 샷을 친 적이 없다고 말했습니다. 지향성은 사람을 움직이는 동력이 되며, 모든 마스터는 결국 비전의 마스터리를 갖고 경지로 나아간다고 저자는 말합니다.

다섯 번째 질문은 '한계 앞에서 피하는가, 맞서고 있는가'입니다. 내가 좋아서 선택한 일이니 즐기면서 하면 그만입니다. 그런데 저자는 의식적으로 자신의 한계를 밀어붙여보라고 말하네요. 안전지대를 넘어 스스로를 한계 이상으로 밀어붙이는 순간을 의식하고 훈련에 몰두하다 보면 고통스러운 시간들이 찾아오게 마련입니다. 그때 개인의 결점과 그간 숨겨 왔던 특이한 기질이 온전히 드러나며, 이 시간 동안 잘 담금질한다면 한계를 초월하는 순간이 온다고 말하죠.

그럼 된 걸까요? 한계를 초월했으니 이제 달인이 된 게 맞냐고 묻는 독자에게 저자는 말합니다.

> "유도의 창시자 가노 지고로는 늙어서 죽음이 가까워지자 제자들을 불러 자신이 죽으면 흰 띠를 둘러 묻어달라고 말했다.(…) 최후의 변화가 일어나는 죽음의 순간에서는 누구나 흰 띠다. 죽음 앞에서 초심자라면 삶에서도 마찬가지일 것이다. 마스터의 비밀 거울 속에는 계속해서 지식을 갈구하고 바보가 될 준비를 마친 신입생의 얼굴이 보인다."

마스터라는 목표가 있다고 해서 그 과정이 순탄한 길로만 이루어진 것은 아닙니다. 목표를 향해 나아가는 길에는 서툴지만 꾸준한 실수와 훈련이 함께합니다. 또 성공 신화를 쓰라는 거냐고 지레 손사래를 치지는 말아 주세요. 실수와 훈련 과정에서 찾아오는 정체기가 있을 테고 부상이 있을 텐데, 그 지점에서 충분히 노닐고 머물며 즐기라는 저자의 말을 기억해 봅시다. 그 시간이 자신을 마스터의 경지로 한 발 더 가까이 다가가게 할 것이기 때문입니다.

아침에 눈을 뜨면 오늘 하루를 입문자의 심정으로 시작하게 됩니다. 하루 종일 온갖 사람들을 만나서 자신이 갖고 있는 지식과 기술과 방법을 동원하며 최선을 다하지요. 그러고 나서 맞이한 취침의 자리는 내일 다시 입문자로 하루를 시작하기 위한 휴식의 시간입니다. 죽음조차도 새로운 삶을 위한 입문자로서 흰 띠를 매어야 할 진대 하루하루가 어찌 그렇지 않을 수 있을까요?

저자는 자신의 책을 마무리하면서 마지막으로 독자에게 묻습니다.

"이제, 당신은 흰 띠를 맬 준비가 되었는가?"

기꺼이 고개를 끄덕인다면 당신은 이미 마스터리에 들어서 있습니다.

 함께 읽으면 좋은 책

◆ 파울로 코엘료, 박명숙 옮김, 《순례자》, 문학동네
◆ 스즈키 순류, 정창영 옮김, 《선심초심》, 김영사
◆ 데일 카네기, 임상훈 옮김, 《데일 카네기 자기관리론》, 현대지성

마음도 거듭 공부시켜야 한다

정운 《법구경 마음공부》

호화롭던 황제의 수레가 부서지듯
우리 몸도 늙으면, 형체가 썩는다.
오직 선업(善業)만이 고통을 벗어나는 길이다.
이런 말은 모든 성인들이 똑같이 하는 말이다.

정운, 《법구경 마음공부》, 유노책주, 2024

┃이 책을 선정한 이유┃

《법구경 마음공부》는 전 세계에서 가장 많이 읽힌 불경인 《법구경》의 가르침 가운데 우리 삶에 직접 도움이 되는 말씀만을 골라 담은 책이다. 수십 년간 경전 연구에 헌신해 온 정운 스님은 '마음이 모든 것의 근원'이라는 《법구경》의 핵심 교훈을 바탕으로 일상에서 실천할 수 있는 마음공부의 길을 안내한다. 불교 신자가 아니더라도 이 책을 통해 자신의 마음을 들여다본다면 복잡하게 얽힌 마음의 실타래를 풀고 평온을 되찾을 수 있다.

종종 사람들의 질문을 받습니다.

"불교 경전은 왜 그렇게 다 어렵지요? 좀 쉽지만 감동을 받을 만한 문장을 만나고 싶은데 좋은 경전 하나만 추천해 주십시오."

세상에서 가장 어려운 청이 바로 이런 것입니다. 경전은 너무 많고, 거기에 실린 내용 또한 천차만별이라 딱 한 권만 집어내어서 권하기가 보통 어려운 일이 아닙니다.

게다가 불교경전을 읽고 싶다는 사람들 마음도 제각각입니다. 어떤 이는 부드럽게 감동을 주는 경전을 읽고 싶다고 하고, 어떤 이는 너무 쉽게만 쓰인 것보다 좀 어려운 교리를 제대로 만날 수 있는 경전을 읽고 싶다고 하고, 어떤 이는 지금 당장 속시끄러운 자기 마음속 번뇌를 가라앉힐 경전을 읽고 싶다고 합니다. 이런저런 이유를 들어 경전을 추천해 달라고 할 때 그 모든 사람의 조건을 충족시킬 만한 경이 《법구경》입니다.

《법구경》은 아시다시피 불교경전입니다. 그런데 붓다의 메시지를 담은 423편의 시를 모은 시집이기도 합니다. 《숫타니파타》와 함께 가장 오래된 불교 경전 가운데 하나로, 학자들은 붓다 가르침의 원형을 담고 있다고도 말합니다.

어떻게 읽느냐에 따라 이 경은 깊이 사색하며 이해해야 할 불교 교리를 만날 수 있고, 무겁지 않으면서도 묵직한 감동적인 아포리즘을 만끽할 수도 있습니다. 정운 스님의 《법구경 마음공

부》는 어렵게만 느껴지는 불교 교리보다는 일상의 삶에 녹여낼
수 있는 붓다의 가르침을 효과적으로 전달하는 방식으로 쓰인
법구경 해설서라고 할 수 있습니다.

정운 스님은 423편이나 되는 시 중에서 66수를 가려 뽑았습니
다. 그리고 이 시들이 어떤 사연으로 세상에 나오게 되었는지를
설명하며 이 시와 관련해서 동서양 고전에서 좋은 글귀를 찾아
내 독자들이 《법구경》을 편안하게 만날 수 있도록 인도하고 있
지요. 먼저 《법구경》 속 시 한 수를 소개해 볼까요?

'모든 것이 나를 위해 존재한다'
'모든 것을 내 마음대로 할 수 있다'
이렇게 억지 부리는 사람들이 있다.
이는 반드시 올바른 생각이 아니다.
이렇게 어리석은 이들은 욕심과 자만심을 갖고 있다.

《법구경》 〈우암품(愚闇品)〉 74

이 시는 우리가 무의식적으로 일으키는 '나 중심'의 생각을 지
적하고 있습니다. 사람들 중에는 자기애가 넘친 나머지 모든 것
을 자기중심으로만 생각하고 그렇게 판단하고 행동합니다. 정운
스님은 법구경의 이 구절을 소개하면서 세상 모든 것은 서로 유기

적인 관계로 얽혀 있음을 불교 교리를 통해 설명하고 있습니다.

"내가 원하는 대로 모든 것이 되는 것이 아니며, 주변 사람이 나를 위해 존재한다고 착각해서도 안 된다. 모두가 인연으로 얽혀 있음을 인식하고, 교만하지 않고 겸손해야 한다. 기업체도 각각의 직원들이 있고(인), 그 직원들이 직장에서 일을 하고(연), 이 인과 연이 합해야 기업체가 굴러가는(과) 법이다."

어느 것이든 원인(因)과 조건(緣)이 잘 맞아 떨어져서 결과(果)가 생겨나는 법이지요. 우리가 늘 모든 생각과 행동의 한가운데에 놓고 있는 '나'도 그렇습니다. 처음부터 완전체로 생겨나서 이렇게 살고 있는 것은 아니지요. '나' 역시 인과 연이 결합하여 이렇게 존재해 있는 '과'입니다. 나는 "나야!"라고 내세울 만한 아주 특별한 존재라 할 수 없습니다.

그렇지만 다시 생각해 보면 이런 내가 이 세상의 유기적인 관계 속에 놓여 있어서 나는 누군가의 무엇인가의 인이 되고 연이 되어 이 사회 속에서 함께 굴러가고 있습니다. 세상이 나를 중심으로만 돌아가는 것도 아니고, 그렇다고 내가 세상과 단절되어 있는 것도 아니니 이런 위치를 늘 인지하면서 조화롭게 밀고 당기기를 하며 나만의 삶의 의미를 찾아가야겠지요.

움켜쥘 것인가
나눌 것인가

저 역시 《법구경》을 무척 즐겨 읽는 터라 여러 강의에서 자주 인용하는 《법구경》의 355번째 시와 그 배경이 되는 인연이야기를 이 책에서 만나 반가웠습니다.

(진리를 모르는) 어리석은 자에게

재물은 파멸로 인도한다.

재물에 욕심이 많으면

자신뿐만 아니라 가족까지 파멸로 몰고 간다.

《법구경》〈애욕품(愛欲品)〉 355

편안한 마음으로 읽어가면 "그렇지, 당연한 이야기인 걸." 하며 넘어갈 만한 시입니다. 그런데 이 시 속에는 재물에 대한 붓다의 관점이 다 담겨 있다고 해도 지나치지 않습니다. 먼저 정운 스님은 이 시의 배경이 되는 옛이야기 한 편을 독자들에게 소개합니다. 어떤 내용인지 읽어 볼까요?

부처님 재세시에 사위성의 최고 갑부가 죽었다. 갑부에게는 유산을 상속할 자손이 없어 모든 재산이 사위성의 파사익왕에게 돌아갔

다. 재산이 얼마나 많았는지, 7일 동안 수레로 날랐을 정도였다. 파
사익왕이 부처님께 말했다.

"부처님, 그 사람은 최대 갑부인데도 친척들과 하인들에게 조금도
베풀지 않았고, 자신도 겨우 쌀죽으로 연명했으며, 남들이 내다 버
린 옷을 입고 살았다고 합니다. 또 재산이 많은데도 성자들께 공양
을 올리거나 보시를 하지 않았다고 합니다."

부처님께서 왕의 말을 듣고 이렇게 말씀하셨다.

"그렇습니다. 재산을 바르게 사용할 줄도 모르고, 행복(해탈 열반)
에 이르는 공부도 하지 않고, 재물에만 욕심을 내다 죽은 겁니다.
바로 이런 것이 어리석은 사람입니다."

불교경전을 읽다 보면 재산과 관련한 붓다의 메시지를 아주 많
이 만납니다. 물론 사람들은 이렇게 짐작하겠지요. '부처님은 재
산, 재물 같은 것을 다 부질없고 헛된 것이니 욕심을 버리고 무소
유의 정신으로 살아가라고 사람들에게 법문할 것이다.'

이처럼 '불교는 곧 무소유'라는 생각을 당연하게 품는 사람들을
많이 만납니다. 하지만 그렇지 않다는 것을 알아야 합니다. 당장
바로 위에 인용한 구절 중에도 '재산을 바르게 사용한다'라는 내
용이 들어 있지 않던가요?

우리는 살아가기 위해 돈을 벌어야 합니다. 돈을 벌고 모으고

아껴 부자가 되어야 합니다. 그래야 나와 내 가족이 살아갈 수 있습니다. 그런데 이렇게 인생을 다 바쳐 모은 재물이란 것이 다섯 가지 속성을 띠고 있다는 사실을 잊어서는 안 됩니다.

첫째, 재물은 물을 만나면 흩어지고, 둘째, 불을 만나도 흩어지고, 셋째, 도둑이 늘 노리며, 넷째, 권력자에게 빼앗기고, 다섯째, 원치 않는 상속자에게 흘러간다는 속성입니다. 한마디로 말하면 내 목숨만큼이나 소중한 내 재산이 결코 영원히 내 것으로 남아 있지 않는, 덧없는 것이라는 사실을 절감해야 한다는 것이지요. 앞의《법구경》355번째 시의 첫 구절에 등장한 '(진리를 모르는) 어리석은 자'라는 말은 바로 이와 같은 재물의 속성을 알지 못하는 사람을 가리킵니다.

그걸 누가 모르느냐고 항변하는 사람도 많습니다. 맞습니다. 그런데 문제는 정작 내 재산이 흩어지면 우리는 더할 수 없는 충격에 몸과 마음이 피폐해진다는 사실입니다. 재산을 잃으면 세상이 끝난 것처럼 살아갈 의욕을 잃고 마는 것이 사람입니다. 그래서 우리는 내 것이 된 재산을 움켜쥐기에 급급합니다. 그러나 재물은 야속하게도 이런 주인의 마음을 알아주지 않고 떠나갑니다.

이 시의 배경 이야기 속에서 엄청난 재산을 고스란히 남겨 두고 떠난 부자를 보십시오. 살아 있는 동안 남에게 빼앗기지 않았으니 재산을 간직하는 데 성공했는지 모르겠으나, 스스로가 재산으로 여유 있게 살지도 못했고 다른 이에게 기분 좋게 베풀지도 못한 인색하기 짝이 없는 삶을 살다가 가지 않았나요? 살면서 스스로도 여유롭게 지내지 못하고 남에게 베풀지도 않는다면 그런 재산을 왜 모았는지 모르겠습니다. 결국 그가 죽을 때 동전 한 푼도 가져가지 못했는데 말이지요.

그렇다면 결론은 나왔습니다. 재산이란 것은 어차피 사라질 운명이니 내가 살아 있는 동안 잘 써야 합니다. 죽을 때까지 꼭 움켜쥐기보다는 죽기 전에 잘 쓰는 것이 불교가 말하는 현명한 재물 사용법입니다. 죽기 전에 잘 쓴다는 것은 돈을 제자리로 돌려준다는 뜻입니다. 그렇다면 제자리란 어디일까요?

"나는 그들이 없었다면 장사꾼으로서 성공할 수 없었을 겁니다. 애초부터 내 것이 아닌 물건을 그들에게 돌려주는 것에 불과합니다."

조선 최고의 거상(巨商)인 임상옥은 이렇게 말하며 재물을 사람들에게 베풀었지요. 재물의 자리는 세상 사람이라는 것입니다. 뿐만 아니라 홍콩 배우 주윤발은 이렇게도 말했습니다.

"매일 세 끼 식사와 잘 수 있는 침대 하나면 충분합니다. 이 돈은 내 것이 아니고 그저 내가 잠시 보관하고 있을 뿐이니, 이 돈이 꼭 필요한 사람들에게 전해지면 좋겠습니다."

역시 재물이 흘러가야 하는 자리는 필요한 사람들의 곁이고, 나는 열심히 모은 재산을 그들에게 돌려줘야 한다는 것입니다.

불교에서는 재물이란 흐르는 속성을 가지고 있다고 하여 샘물에 비유하기도 합니다. 샘물이 퐁퐁 솟아서 나그네가 목을 축이고 땀을 씻는 데 쓰여야 마땅한데 아무도 쓰지 않으면 그 샘물은 고스란히 말라버리고 만다고 하지요. 재물도 그러하니 평생을 바쳐 재물을 벌면 그것이 어디에서 왔는지를 잘 생각하여 넉넉하게 베풀기를 권합니다. 욕심만 부리다 끝내는 자신도, 자신과 관련 있는 사람들도 오히려 그 재물 때문에 불행할 수도 있기 때문입니다.

재물이 지닌 다섯 가지 속성과 재물의 자리와 쓰임에 대한 붓다의 메시지를 잘 헤아려 일상생활에 끊임없이 적용해 본다면, 우리는 세속을 살아가는 진지한 구도자가 될 수 있습니다. 구도자란 삶의 본질을 깨닫고자 지속적으로 성찰하고 배우며, 그 깨달음을 자신의 일상 속에서 실천하려는 사람을 뜻합니다.

불교는 깨달음을 강조하는 종교입니다. 그런데 경전을 읽어보면 깨달음이란 것은 완전히 새롭고 낯선, 어떤 심오한 경지가 아닙니다. 오히려 누구나 알 법한 이치를 완벽하게 인지하지 못해서 좌충우돌하고 헛발질하여 울고 웃고 갈등을 벌이는 가운데 진짜 이치를 제대로 파악하여 또렷하게 인지하고 삶 속에서 구현하는 것이 불교가 말하는 깨달음입니다.

인생은 마음먹기 나름이라고 하지요. 그런데 마음이란 녀석은 그냥 내버려두면 원숭이나 야생마처럼 이리저리 내달리고 정신 없이 돌아다닙니다. 그러니 마음을 잘 길들이고 단속하고 거두 어서 자신이 추구하는 가치에 그 마음이 맞추어지도록 해야 합 니다. 마음공부라는 말은 마음을 공부시킨다는 뜻이지요.

《법구경》의 시 한 편 한 편을 가만가만 음미해 본다면 "머리로 는 알겠는데 이 마음이 그렇게 안 따라준다"라는 한탄이 잦아들 것입니다. 정운 스님이 법구경에 마음공부라는 말을 덧붙인 이 유는 여기에 있지요. 읽지만 말고 마음을 가만히 그 내용에 맞추 어보기. 그래서 마음을 잘 공부시킨다면 인생이 헛헛하다거나 무의미하다는 생각은 일어나지 않을 것입니다.

 함께 읽으면 좋은 책

◆ 무념, 웅진 옮김, 《법구경 이야기 1~3》, 옛길
◆ 오원탁, 《법구경 하루를 살더라도》, 불교시대사
◆ 정운, 《경전의 힘》, 담앤북스

톨스토이의 세 가지 질문

레프 톨스토이 《사람은 무엇으로 사는가》

———————

마지막으로, 현자여. 내 질문에 답해 주게.

벌써 답이 되었지 않은가.

어떻게 답이 되었다는 건가?

물으나마나 한 거 아닌가

레프 톨스토이, 홍대화 옮김, 《사람은 무엇으로 사는가》, 현대지성, 2021

▍이 책을 선정한 이유 ▍

영국 작가 버지니아 울프는 톨스토이를 "가장 위대한 소설가"라 평했고, 러시아 작가 이사크 바벨은 "만약 세상이 스스로 글을 쓸 수 있다면 톨스토이처럼 쓸 것"이라 극찬했다. 《사람은 무엇으로 사는가》는 톨스토이의 단편 소설로 인간의 사랑, 이타심, 삶의 의미를 탐구한 작품이다. 간결한 서사 속에서도 삶과 사랑의 가치에 대한 철학적 메시지를 담고 있어, 짧지만 여운이 긴 작품으로 평가받는다. 매 순간 선택을 강요받는 인간에게 진정 무엇이 중요한지 묻는 이야기는 오늘날에도 유효하다.

세상에서 가장 높은 자리에 올라도 조금 더 행복해지고 싶은 마음이 계속 드는 건 인간의 본능인가 봅니다. 모든 것을 다 가진 황제에게 어느 날 이런 궁금증이 들었기 때문입니다.

"만일 그가 모든 일을 언제 시작할지, 또 어떤 사람과 일하고, 어떤 사람과 일하면 안 될지, 더 중요하게는 어떤 일이 가장 중요한지를 항상 알 수 있다면 어떤 일에도 실패하지 않으리라는 생각이 들었다."

이 세 가지의 답을 알고 그 답이 늘 머리와 가슴에 있다면 어떤 일을 해도 실패란 없으리란 생각이 들었던 것입니다. 실패하지 않은 인생을 살고 싶은 건 우리 모두의 바람이기도 하지요. 황제는 즉각 이 질문에 답을 가지고 오는 사람에게 큰 상을 내리겠다고 왕국에 공포했습니다.

황제 주변에는 학식과 경험이 풍부한 사람들로 넘쳐났습니다. 그들은 황제에게 다가와 이 세 가지 질문에 대한 자신들의 생각을 고했습니다. 첫 번째 질문에 대해서는 '언제'라고 할 것이 따로 없다, 철저하게 계획표를 짜서 엄격하게 실행해야 한다, 미리 결정하지 말고 늘 현재 일어나는 일에 주의를 기울여라, 이런 문제는 보통 사람의 능력으로 알 수는 없으니 현명한 사람의 조언을 듣고 그 조언에 따라 일할 시간을 정해야 한다, 심지어 점을 치는 사람에게 물어야 한다 등등의 다양한 대답을 내놓았습니다.

두 번째 질문도 각자의 대답이 엇갈렸지요. 통치하는 데에 힘을 보탤 사람이 필요하다, 성직자가 필요하다, 의사 또는 군인이 필요하다….

세 번째 질문도 마찬가지였습니다. 세상에서 가장 중요한 일이 무엇인지 각자의 생각에 따라 대답을 내놓았습니다. 학문이 가장 중요하다, 신을 경배하는 일이다, 군사력이 최우선이다 등등의 대답이 쏟아져 나왔습니다.

톨스토이의 단편집 《사람은 무엇으로 사는가》에 실린 〈세 가지 질문〉은 이렇게 시작합니다. 답이 궁금하면 금세 만날 수 있습니다. 한 쪽만 넘기면 톨스토이의 답이 나오기 때문입니다. 인터넷에서도 이 질문에 대한 톨스토이의 답은 차고도 넘칩니다.

여기서 잠시 멈추고 생각해 봅니다. 지금까지 살아오면서 이 세 가지 질문에 어떤 대답을 가지고 있었는지, 그리고 그 질문을 스스로에게 던져본 적이 있었는지를 돌아보는 것이지요. 사실 궁금했던 적은 있었지만 깊이 고민해 본 적은 별로 없었던 것 같습니다. 어쩌면 바로 이것이 보통의 독자인 우리와 대문호 톨스토이의 큰 차이점이 아닐까 합니다. 스스로 묻고 답을 찾으려는 사람과, 단지 대답만을 들으려는 사람의 차이 말입니다.

톨스토이는
자꾸 묻는다

이렇듯 톨스토이는 질문을 던지는 사람입니다. 그는 왜 자꾸 묻는 걸까요? 그 이유가 궁금하다면 톨스토이의 삶 전체를 보아야 합니다.

레프 톨스토이는 러시아 뚤라 지방에 있는 야스나야 뽈랴나에서 태어났습니다. 전통 있는 귀족 가문 태생인 그는 어려서 부모와 사별했고 고모의 돌봄을 받으며 자라났습니다. 1844년 까잔 대학교에 입학하지만 중퇴하고, 일찍이 아버지에게 물려받은 야스나야 뽈랴나에 돌아와 자기 소유인 농노들의 삶을 개선하기 위해 노력합니다. 잠시 유흥과 쾌락에 빠지기도 하지만, 곧이어 포병장교가 되어 전쟁에 뛰어듭니다.

크림전쟁 중에 틈틈이 글쓰기를 이어가다 이윽고 문인으로 데뷔합니다. 군 생활을 마친 후에는 외국을 여행하다가, 1859년 자기 영지로 돌아와서 농민 학교를 세우고 농민과 아동교육에 힘씁니다. 이후 《전쟁과 평화》와 《안나 까레니나》 같은 대작을 써서 세상에 발표합니다.

이 소설들에 등장하는 러시아 귀족들은 다양한 캐릭터를 지니고 있지만, 톨스토이는 은연중에 허영과 위선과 사치에 빠지는 귀족적 삶 대신 땀 흘려 노동하고 흙을 만지는 농민의 삶을 부각

합니다. 타락한 인류가 구원받을 길은 전쟁도, 정치도, 혁명도, 심지어 형식과 허영에 빠진 종교도 아닙니다. 농촌으로 돌아가 가난하지만 우직하게 땅을 일구는 농민의 삶 밖에는 없다는 것이지요. 이런 생각은 '노동을 통해 자신의 삶을 창조하는 민중의 행위야 말로 참된 것'이라고 이야기한 《참회록》에 고스란히 담깁니다.

하지만 농민의 삶을 그저 찬양한 건 아닙니다. 부에 대한 갈망과 자기 것을 움켜쥐는 탐욕을 걷어버린 농민으로 살면서 무엇을 들여다보고 무엇을 추구해야 하는지를 살펴 나갔지요. 톨스토이는 더 이상 장편소설에 매달리지 않습니다. 그는 기독교 복음서 네 개를 하나로 묶어 새로운 복음서를 펴내면서 기독교를 재해석합니다. 신화적인 이야기나 기적과 같은 내용을 삭제합니다. 그로 인해 정교회로부터 파문당하지만 그의 마음속에는 기독교 신앙이 탄탄하게 뿌리 내려 있어 파문당했다고 절망에 하지는 않았습니다.

이후 그는 동화와 단편소설을 써서 발표합니다. 이 작품들에는 악을 거부하되 악에 폭력적으로 저항하지 말 것이며, 용서하고 사랑하며 인간 개개인이 정신적으로 깨어나야 한다는 메시지로 가득 차 있습니다.

세상은 그의 장편소설 《전쟁과 평화》, 《안나 까레니나》, 《부활》 등에 끝없는 찬사를 보내며 필독서로 권하지만, 정작 그는 《참회록》에서 작가로서의 삶이 얼마나 위선적이었는가 고백합니다. 매 작품 혼을 갈아 넣어서 완성했을 테지만 그것 역시 자신의 생각을 제대로 담지 못했다는 작가의 고백을 접했을 때는 독자로서 맥이 풀려버리고 허무해지기까지 합니다.

이런 고백을 접한 뒤 다시 읽는 단편집 《사람은 무엇으로 사는가》는 전혀 다른 깊이로 다가옵니다. 인생의 만년에 접어든 글 쓰는 노동자 톨스토이의 모습이 생생히 떠오르지요. 마치 그는 사람들에게 이렇게 외치는 듯합니다.

"지금 사는 게 '진짜' 사는 것인가요?"

"당신은 당신의 삶을 온전하게 처음부터 끝까지 응시하며 살고 있나요?"

"당신은 이 땅에서 어떤 가치를 실현해 보렵니까?"

"지금까지 추구해 온 당신의 '그것'이 과연 당신의 삶을 아름답게 이끌어주었던가요?"

톨스토이의 이런 외침은 질문의 형식을 띠게 되고, 그런 질문은 작품의 제목으로 등장합니다. 그의 단편집 《사람은 무엇으로 사는가》에 실린 작품 중에 표제작인 〈사람은 무엇으로 사는가〉,

〈사람에게는 얼마만 한 땅이 필요한가〉 그리고 지금 소개하고
있는 〈세 가지 질문〉이 그것입니다.

독자들은 톨스토이가 질문 끝에 내놓은 답이 궁금하겠지만, 여
기서는 톨스토이가 제기하는 질문에 공감하는지, 그것을 내 인
생의 문제 의식으로 삼고 있는지를 더 중요하게 생각해 보면 좋
겠습니다.

황제가 찾은 대답

황제는 궁중에서 펼쳐지는 대답의 향연에 만족하지 못했습니
다. 그는 지혜롭다고 소문이 자자한 은수자(隱修者)를 만나러 갑
니다. 은수자는 평민만 만나는 사람이어서 황제는 복장을 갈아
입었습니다.

여윈 약골의 은수자는 오두막 앞에서 힘겹게 밭고랑을 파고 있
었지요. 평민으로 신분을 숨긴 황제가 다가가 인사를 나눈 뒤 자
신의 세 가지 질문을 던졌습니다. 하지만 은수자는 잠시 귀기울
이는 듯 하더니 이내 묵묵히 땅을 파기 시작했습니다. 그 모습이
안타까워서 황제는 그의 손에서 삽을 받아 대신 땅을 팠습니다.

틈틈이 질문을 던지지만 은수자는 대답 대신 "이제 좀 쉬시게,
내가 하지"라며 삽을 달라 하였지요. 황제는 삽을 주지 않고 계

속 땅을 팠습니다. 그렇게 종일 땅만 파다가 하루를 다 보냈고 황제가 은수자에게 대답 듣기를 거의 포기했을 즈음, 어떤 남자가 피를 흘리며 다가왔습니다.

그의 부상을 들여다본 황제는 자신의 귀한 옷으로 상처를 싸맸고 붕대가 피에 흠뻑 젖으면 빨아서 다시 싸매 주었습니다. 그러기를 반복하는 사이 태양이 지고 말았지요. 결국 황제는 그날 궁으로 돌아가지 못하고 은수자와 함께 심각한 부상을 입은 남자를 오두막으로 옮긴 뒤에 잠자리에 들었습니다.

종일 밭고랑 파는 노동을 했던 터라 달콤하게 잠을 자고 일어난 황제는 기력을 되찾은 낯선 사내의 정체를 알게 됩니다. 은수자의 오두막을 찾았다가 돌아가는 황제를 급습해서 목숨을 앗으려 했던 것입니다. 황제가 이 남자의 형제를 죽이고 그의 재산을 몰수한 것에 대한 보복입니다.

하지만 아무리 기다려도 황제가 나오지 않자 궁금해진 그가 동태를 살피려고 은신처에서 나옵니다. 이때 병사들에게 붙잡히게 되었고, 큰 부상을 입고서 간신히 목숨만 부지한 채 이곳으로 도망치게 된 것입니다. 황제의 지극한 보살핌으로 살아난 남자는 오히려 황제에게 깊은 감사와 함께 용서를 청했습니다. 이런 사연을 들은 황제 역시 자신의 행위를 사과하고 그를 용서했지요.

빼앗은 재산을 다시 돌려주기로 약속한 뒤 그와 헤어진 황제가 다시 은수자에게 어제의 질문을 묻습니다. 은수자가 말합니다. 이미 대답은 나오지 않았느냐고요. 황제가 은수자의 고생스러움을 동정해서 대신 밭고랑을 파준 덕분에 젊은이의 공격을 피할 수 있었으니 가장 중요한 시간은 고랑을 파던 시간이고, 그에게 삽을 내 준 은수자가 가장 중요한 사람이며, 은수자를 위해 선한 일을 해 준 것이 가장 중요한 일이었다는 대답입니다.

그리고 세 가지 질문에 대한 대답은 한 번 더 이어집니다. 그 직후에 젊은이가 달려왔고 그를 살리기 위해 동분서주했으니 그 시간이 진짜 소중한 시간이었고, 그 젊은이를 살려 주고 화해했으니 그가 가장 소중한 사람이고, 그를 살리기 위해 황제가 해 준 일이 인생에서 가장 중요한 일이었다고요. 은수자는 이제 황제의 세 가지 질문에 대답을 내립니다.

"가장 중요한 시간은 바로 지금이라네. 가장 중요한 이유는 그 시간에만 우리는 자신을 통제할 수 있기 때문이네.
가장 필요한 사람은 지금 만나고 있는 그 사람인데, 다른 사람과 어떤 관계를 맺게 될지 아무도 모르기 때문이지.
그리고 가장 중요한 것은 그에게 선을 행하는 것이라네. 우리는 오직 그것을 위해서만 살아가도록 보냄을 받았기 때문이라네."

어제는 지나갔고 내일은 아직 오지 않았습니다. 내가 좌우할 수 있는 시간, 내가 영향력을 행사할 수 있는 시간은 바로 지금뿐입니다. '오늘'이 아니라 '지금'입니다.

지금 만나고 있는 그 사람이 내게 가장 필요한 사람입니다. 그 관계가 어떻게 이어질지 아무도 모르기 때문입니다. 그저 최선을 다할 뿐입니다. 하지만 정작 중요한 점은, '어떤 최선'이냐는 것이지요. 톨스토이는 은수자의 입을 빌려서 말합니다. 선을 행하라고요. 우리는 지금 만나는 내 앞의 생명에게 선을 행하기 위해 이 지상에 온 것이라는 겁니다.

톨스토이의 세 가지 답이 정답일 수는 없습니다. 그건 톨스토이의 답일 뿐이니까요. 하지만 인간과 사회와 세상에 대해 깊이 탐구하고 사색하며 질박한 인간적 삶에 자신의 생애를 건 작가가 제시한 답입니다.

보통의 사람들이 동경하는 귀족으로 태어나 귀족으로 살아 본 사람의 결론이 이것이라니 흥미롭지 않습니까? "인생 별것 아니다"라는 말과도 통하는 것 같습니다. 살아 보니 이것 말고는 잘 사는 길이 없다는 결론에 도달한 것이지요. 사람에게는 딱 제 몸뚱이 누일 땅만 있으면 그만이라며, '사람은 무엇으로 사는가'라는 질문에 '사랑'이라 답하는 톨스토이입니다.

지금 하고 있는 일과 만나고 있는 사람에게 최선을 다하는 것,

그리고 그 최선이 '사랑'과 '선'이라는 단순한 진리를 보여 줍니다. 진부하다 싶지만 영원히 이어질 고전을 쓴 사람이 내린 인생의 결론이라면 허투루 흘려버릴 수 없습니다.

특히 '이미 답은 나왔고, 물으나마나 한 것'이라는 은수자의 대답이 인상적입니다. 우리가 지금 살고 있는 모습이 세 가지 질문에 대한 각자의 답이라는 것이지요. 정답이라 할 수는 없지만 내가 어떤 대답을 내놓고 있는지를 생각해 보게 하는 것도 톨스토이의 지혜로운 전략이라는 생각이 듭니다.

 함께 읽으면 좋은 책

◆ 파탄잘리 무니 다스, 《깊게 읽는 바가바드 기타》, 아란
◆ 홍자성, 김원중 옮김, 《채근담》, 휴머니스트
◆ 장 지오노, 김경온 옮김, 최수연 그림, 《나무를 심은 사람》, 두레

내 인생의
영웅이 되는 법

구스타프 슈바브 《구스타프 슈바브의 그리스 로마 신화》

거스를 수 없는 운명의 힘을 깨달은 자는 운명이 결정한 것을 짊어지고
가야만 한다.

구스타프 슈바브, 이동희 옮김, 《구스타프 슈바브의 그리스 로마 신화 1~3》, 휴머니스트, 2015

▌이 책을 선정한 이유 ▌

구스타프 슈바브의 《그리스 로마 신화》는 1838년 독일에서 처음 출간된 뒤로 그리스 로마 신화의 정본으로 널리 인정받고 있다. 프로메테우스의 인간 창조부터 로마 건설에 이르는 이야기를 호메로스, 헤시오도스, 오비디우스 등등 고대 시인들의 작품을 바탕으로 풍부하고 충실하게 엮어냈다. 방대한 신화를 시간 순서에 따라 재구성해 이야기의 흐름을 쉽게 이해할 수 있도록 했으며, 신화의 체계를 잡고자 하는 이들에게 가장 적합한 입문서로 평가받는다.

어렸을 때 아버지에게서 아주 큰 선물을 받은 적이 있습니다. 도서출판 계몽사에서 낸 소년소녀세계문학전집입니다. 주황색 하드커버로 된 50권이나 되는 시리즈였지요.

지방에서 잡화점을 운영하던 아버지가 계몽사 영업사원이 찾아와 내민 카탈로그를 보고 책을 구입하던 날의 풍경은 기억 속에 한 장짜리 스틸컷으로 남아 있습니다. 카탈로그에는 2단으로 된 나무 책꽂이에 문학전집 50권이 꽂혀 있는 사진이 실려 있었는데, 빨간 사과 한 알이 그 책꽂이 위에 놓여 있었지요. 아버지가 영업사원에게 책값을 지불하면서 이렇게 말을 건넸습니다.

"이 책 사면 이 사과도 주는 거지요?"

아버지의 그 멋쩍은 농담은 수십 년에 걸쳐 수많은 책을 사들이고 읽어대는 동안 머릿속에 수시로 떠오릅니다. 아담은 이브가 권한 사과 한 알 때문에 에덴동산에서 쫓겨났지만 저는 기억 속 사과 한 알과 함께 어마어마한 동화의 세계로 초대받아 들어갔지요. 그 전집을 첫 번째 책부터 읽어가면서 책 읽는 행복을 만끽했는데, 그 첫 번째 책이 그리스 로마 신화였습니다.

신화를 읽으면서도 그 이야기들이 사실이라 믿었습니다. 아니, 믿어졌습니다. 이렇게 많은 신이 이 세상에 존재하고, 세상은 그들로 인해 펼쳐져 왔다고 그냥 그렇게 믿었지요. 인간들과 사랑하고 다투는 신들로 가득 찬 그리스 로마 신화는 나를 완전히 다른 세상으로 데려갔습니다.

　그 이후 어른이 되어서 그리스 로마 신화에는 다양한 버전이 있으며, 수많은 문인이 저마다의 체계를 가지고 독자들에게 이 신화를 계속 선보이고 있다는 사실을 알고는 그 정열에 놀랐습니다. 그만큼 그리스 로마 신화는 사람들의 상상력을 자극하고 또 다른 멋진 문학세계를 펼쳐내는 마르지 않는 샘이란 말이겠지요.

인간을 사랑한 죄, 프로메테우스의 비극

　수많은 버전의 그리스 로마 신화 가운데 최근에 골라든 책은 독일의 시인이자 교육자인 구스타프 슈바브가 엮은 《구스타프 슈바브의 그리스 로마 신화》입니다. 우리나라에서 고전 라틴어와 그리스어 원전을 가장 많이 번역한 고(故) 천병희 단국대 명예교수는 추천사에서 대학 1학년 때 이 책을 처음 알게 됐고 너무나 열심히 읽은 탓에 제본이 망가지기까지 했다고 고백합니다. 그 엄청난 번역 작업의 바탕에 구스타프 슈바브가 자리하고 있었으리라는 생각에 주저하지 않고 이 책을 선택했습니다.

　독일어권에서 지금도 가장 많이 읽히고 있다는 이 책은 제1권 〈신과 영웅의 시대〉, 제2권 〈트로이아 전쟁〉, 제3권 〈오뒷세우스, 아이네아스〉로 이뤄져 있습니다. 제목만 보아도 그리스 로마 신화와 영웅들 이야기를 다 만날 수 있음을 알 수 있습니다.

제1권 〈신과 영웅의 시대〉는 태초의 인간 프로메테우스로 시작합니다. 그가 흙으로 신과 같은 어떤 형상을 빚자 그의 친구이기도 한 지혜의 여신 아테네가 그 흙덩어리 형상에 신의 숨결을 불어 넣어 주었습니다. 이것이 고대 그리스가 들려주는 인간의 시작입니다.

프로메테우스는 자기의 창조물을 지극정성으로 돌봤습니다. 오죽하면 신들의 전유물인 불을 태양에게서 훔쳐 와 인간들에게 안겨 주기까지 했을까요. 하지만 프로메테우스는 결국 신들에게 끌려가 쇠사슬에 묶이게 되었고 독수리가 매일 찾아와 그의 간을 쪼아 먹지만, 간은 밤사이 되살아납니다.

세상에서 가장 무서운 형벌은 죽고 싶어도 죽지 못하는 것입니다. 죽고 싶다는 것은 더 이상 살 수 없는 사람의 마지막 바람이자 탈출구입니다. 그런데 제 스스로 자기 목숨을 마칠 수도 없는 것이 바로 유한한 인간 존재의 가장 큰 비극입니다. 신들의 이야기가 '신화'인데, 《구스타프 슈바브의 그리스 로마 신화》는 바로 이렇게 죽고 싶어도 죽지 못하는 최초의 인간 프로메테우스 이야기로 시작합니다.

떼려야 뗄 수 없는
신과 영웅의 인연

제2권으로 들어가면서 이제 신들은 인간사에 적극적으로 끼어듭니다. 신의 격려와 응원을 등에 업은 인간 영웅들이 대륙을 정복하기 위해 전쟁에 나섭니다. 인간 영웅들은 신들에 의해 운명이 정해졌기에 자기 앞에 펼쳐지는 삶에 주도권이 없습니다. 갑옷을 입고 방패를 들고 활과 화살을 어깨에 메고 창과 칼을 들고 말을 달려 전쟁터로 나아가는데 죽음 앞에서는 꼼짝 못합니다. 신들도 영웅의 죽음에 간섭할 수 없습니다.

참 이상도 하지요. 신들은 영웅들의 미래를 환히 내다보고 생사를 가르는 전쟁으로 몰고 가고 부추기기까지 하면서도 정작 그 영웅의 죽음은 신의 영역 밖이라는 것입니다. 그저 예언할 뿐입니다. 절대로 죽음을 피할 수 없어 영원불멸하지는 않지만 신들마저 예찬해 마지 않는 용기를 펼쳐 보이는 영웅들의 모습은 처절한 아름다움 그 자체입니다.

제2권에서는 〈트로이아 전쟁〉이라는 제목 그대로 저 유명한 트로이아 전쟁이 상세하게 펼쳐집니다. 아름다운 그리스 여인 헬레네가 트로이아 왕자에게 납치당하자 그리스의 모든 남자들이 그를 되찾기 위해 목숨을 겁니다. 이들 사이에 민족의 자존심을 건 전쟁이 10년 넘게 이어지고, 목마 속에 숨어서 성 안으로 잠입한 그리스 영웅들에 의해 트로이아는 마침내 함락됩니다. 이 긴 이야기는 호메로스의 《일리아스》라는 제목의 고전으로 독자들에게 친숙합니다.

어렸을 때 읽은 이후 중년에 접어들어 트로이아 전쟁 이야기를 다시 만났습니다. 웬만해서는 걸칠 수도 없는 무거운 갑옷을 입고 날 듯이 적진을 향해 달려가는 영웅들 이야기는 그야말로 환상적이었습니다. 그 모든 영웅이 어쩌면 하나같이 그리도 멋있을 수 있을까요? 하지만 신들의 응원을 등에 업은 영웅들의 활약상에 넋이 나간 채 읽어가다 보니 마음이 슬며시 불편해지기 시작합니다. 왜 그런지 따져 보았더니 다음과 같은 문장 때문이었습니다.

"그들은 투창과 짧은 창으로 적을 닥치는 대로 찔러 쓰러뜨렸다. (…) 방벽 앞 참호를 넘어 말뚝 사이를 지나 도망치기 시작한 트로이아 인들을 뒤쫓아 가장 많은 적군을 죽였다.

양쪽 군사들은 서로 밀치며 예리한 손도끼와 큰 도끼와 칼을 휘둘렀고 짧은 창으로 찔렀다. 훌륭한 전사들이 수없이 죽어 칼들이 흙먼지 속에 뒹굴었다. 삽시간에 땅은 피로 물들었다."

단 한 줄의 문장 속에 죽어간 사람들은 몇 명이나 될까요? 그들도 한 사람 한 사람 이름을 가지고 있고 나름의 인간사를 지녔을 테지요. 영웅들의 이름은 수도 없이 등장하는데 반해 그들을 위해 두 발로 달려 나가 적들과 싸운 병사들은 존재감이 없었습니다.

독일 시인 베르톨트 브레히트가 "책 속에는 왕의 이름들만 나오는데, 만리장성이 다 지어진 날 벽돌공들은 어디로 갔으며, 젊은 알렉산더 혼자서 인도를 정복했을까? 시이저가 갈리아를 토벌했다고 하지만 취사병 한 명이라도 데리고 가지 않았을까?"라고 물음표를 내건 이유를 알겠더군요.

신화는 신들과 영웅들이 주인공이 되어 웅장하고 아름다운 서사시를 쓰지만 기실 역사의 흙바닥에는 수많은 민초들의 피가 바다를 이루었을 것입니다. 하지만 이 영웅담이 사람들에게 수없이 읽혀 오면서도 그들의 이름이 단 한 번도 나온 적이 없습니다. 부조리하다고 해야 할지, 아이러니라고 해야 할지, 그리스 로마 신화를 읽는데 이 또한 특이한 느낌이었습니다.

찬란하지만 쓸쓸한
영웅들의 최후

자, 아무튼 이 전쟁에서 트로이아는 패하고 그리스 영웅들은 수많은 전리품을 챙기고 돌아갑니다. 제3권 〈오뒷세우스, 아이네아스〉는 그리스 영웅 아가멤논과 오뒷세우스가 고생 끝에 자기 나라를 찾아가는 이야기와, 패배한 트로이아의 영웅 아이네아스가 이탈리아 로마에 새로운 왕국을 세우기까지의 온갖 신산한 고난 이야기를 담고 있습니다.

그런데 영웅들의 후일담은 씁쓸하기 이를 데 없습니다. 그리스의 총사령관 아가멤논은 전리품으로 챙긴 아름다운 여인 캇산드라를 데리고 귀환합니다. 하지만 그는 그토록 그리워하던 자신의 궁전에 도착하자 이내 최후를 맞습니다. 피로에 지친 몸을 씻기 위해 궁전 목욕탕에 들어갔을 때 촘촘하게 짠 그물이 그에게 씌워졌고 당황한 그의 알몸 위로 예리한 단검이 수도 없이 내리꽂힙니다. 자신의 아내 클뤼타임네스트라와 그 정부 아이기스토스의 짓이지요. 십 년이 넘는 전쟁에서 승리하고 돌아온 영웅의 마지막이라 하기에 어이가 없을 정도로 비참합니다.

오뒷세우스도 다르지 않아서 갖은 고난 끝에 고향으로 돌아갑니다. 하지만 금의환향이라고 할 수가 없었지요. 자신의 궁전을 차지하고서 그 아내까지 탐내는 귀족들과의 힘겨운 싸움 끝에 자신의 자리에 안착할 수 있었기 때문입니다. 불멸의 고전인 호메로스의 《오뒷세이아》가 이 이야기를 서사시로 다루고 있는데, 구스타프 슈바브의 책에서는 현대 독자들이 읽기 쉽게 산문으로 매우 드라마틱하게 들려주고 있습니다.

한편, 그리스 군에게 패배한 트로이아인들은 영웅 아이네아스의 통솔 아래 바다를 떠돌며 크고 작은 전쟁을 거듭하며 아폴론 신이 예언한 땅을 찾아 나섭니다. 이때 이탈리아라는 이름이 처음 등장합니다.

"그라이키아 인들은 그 나라를 헤스페리아라고 부른다. 그곳은 아주 오래된 나라다. 그곳 주민들은 강력하게 무장하고 있으며 대지로부터 풍성한 축복을 받고 있다. 최초의 주민들은 오이노트리아 인이었으며, 젊은이들은 자신들의 왕인 이탈루스의 이름을 따서 그곳을 이탈리아라 부르고, 자신들을 이탈리아 인이라고 부른다. 이곳이야말로 조상 때부터 너희들에게 속했던 곳으로….."

하지만 비옥한 땅이 품을 그냥 내어줄 리 없습니다. 아이네아스는 또다시 죽음을 무릅쓰고 전투를 벌이며 대지 위에 자신들의 나라를 세웁니다. 이 이야기가 바로 베르길리우스가 지은《아이네이스》입니다.

이왕이면 이 길고도 긴 이야기를 서사시 형태 그대로 한 권씩 읽어 가면 좋았겠으나 그리스 문학과 라틴 문학의 원전 번역문에 익숙하지 않은 저로서는 구스타프 슈바브가 산문으로 엮은 이 책이 더 재미있게 읽힙니다. 역자의 말처럼 저자가 이 방대한 이야기를 자연스럽게 연결시켜 대하소설처럼 풀어내고 있기 때문에 저는 세 권을 다 읽도록 책을 손에서 내려놓지 못했습니다.

어렸을 때 읽은 그리스 로마 신화에 등장하는 신들은 한결같이 위대하고 훌륭하고 놀라웠습니다. 그리고 그 신들과 대결할 정도의 영웅들은 누구라 할 것 없이 늠름하고 위대했습니다. 하지만 나이가 들어서 다시 읽는 이 신화와 영웅담에 욕망, 시기, 질투, 복수, 탄식, 절망과 안타까운 죽음이 넘쳐나고 있음에 놀랐습니다. 하긴, 영웅도 인간이지요. 그러니 인간고를 벗어나지 못했던 것입니다. 그게 아쉬워서 이렇게 신화로 풀어냈을까 생각하다 창밖을 보니 희붐해집니다.

밤의 신이 아들인 꿈의 신을 불러서 돌아가면, 새벽의 신이 장미 가득 찬 방을 열어 동쪽 하늘을 발그레 붉힙니다. 이른 아침, 신들과 영웅들을 책 속에 잠재우고 내 몫의 하루를 살아가기 위해 일어납니다. 일터로 향하는 발걸음마다 영웅들이 다시 고개를 내밀어 문득 왜 그들을 '영웅'이라 부를까 생각해 봅니다. 비범한 출생, 압도적인 체력, 죽음 앞에 위축되지 않는 기상…. 기득권이라면 이보다 더한 기득권이 없습니다. 금수저, 은수저, 다이아몬드수저를 물고 태어난 사람들이 바로 영웅들입니다.

그런데 그리스 로마 신화에서 만난 영웅들에게는 한 가지 더 특별한 모습이 있었습니다. 그건 바로 전쟁터에서 결코 뒤에 서지 않았다는 점입니다. 튼튼하고 안전한 벙커에서 보고 받고 지시를 내리는 것이 아니라 수많은 병사들의 제일 앞줄에서 적진을 향해 가장 먼저 말을 달렸다는 점입니다. 병사들을 격려하고, 기운을 불어 넣고, 함께 죽고, 함께 살았습니다. 비겁하게 숨지 않고 남 탓하지 않고 제 몫의 전투를 온전하게 마쳤기에 그를 영웅이라고 불렀음을 알았습니다.

전쟁터 같은 일터에서 오늘 하루 어떻게 보냈나요? 진이 빠지도록 최선을 다해 뛰어다니며 하루의 일을 마쳤나요? 그렇다면 당신은 영웅입니다. 최선을 다해 제 몫의 삶을 살았으니 당신의 하루 역시 신화처럼 웅장했습니다. 또 한 편의 그리스 로마 신화가 하루 노동을 마치고 땀에 전 당신의 몸과 마음으로 펼쳐졌습니다.

 함께 읽으면 좋은 책

◆ 아폴로도로스, 천병희 옮김, 《원전으로 읽는 그리스신화》, 숲
◆ 존 개스킨, 박중서 옮김, 《여행자를 위한 고전철학 가이드》, 현암사
◆ 김헌, 《김헌의 그리스 로마 신화》, 을유문화사

지옥을 넘어
천국에 이르려면

―――――――

단테《신곡》

그대 나의 구원을 위해 저 지옥 속에
발자취를 남기시는 괴로움을 겪으셨습니다.
내 보아 왔던 그 많고도 많은 것들을
그대의 힘이며 그대의 선에서 온
은혜와 덕으로 나 이제 받아들입니다.

단테, 한형곤 옮김,《신곡》, 서해문집, 2005

▌이 책을 선정한 이유 ▌

단테 알리기에리의《신곡》은 수세기 동안 수많은 문인과 사상가에게 깊은 영향을 끼친 작품이다. 영국의 시인 T.S. 엘리엇은 "단테의 시는 모든 시인의 필독서"라고 언급하며, 그의 작품이 문학계에 미친 영향을 강조했다. 단테는 이 작품을 통해 인간의 내면과 도덕적 갈등을 깊이 탐구하며, 독자들에게 삶과 구원에 대한 깊은 사색의 기회를 제공한다. 서울대학교 권장도서로 선정되는 등 전 세계의 많은 교육 기관에서 필독서로 추천하고 있다.

1256년에 이탈리아 피렌체에서 태어나 1321년에 56세를 일기로 세상을 떠난 시인 단테에게는 애달픈 사랑 이야기가 늘 따라다닙니다. 아홉 살이 되던 해에 처음 만나 지독한 사랑에 빠지게 되는 베아트리체가 그 주인공이지요. 비록 짧은 생애를 마치고 세상을 떠났지만 베아트리체는 그의 마음속에 깊이 새겨졌습니다.

단테는 다른 여인과 결혼해서 자식을 낳고 이후 정치가로 변신하는데, 그의 삶은 순탄하지 않았습니다. 끝내 정치적 신념을 실현하지 못한 채 고향에서 밀려났고 타지에서 숨을 거두고 맙니다. 이런 그가 마음을 기댈 수 있는 것은 오직 연인 베아트리체, 그리고 기독교 신앙이었습니다. 천재 시인 단테에게 베아트리체는 단순한 연인 그 이상입니다. 이미 죽어버린 베아트리체를 향한 고집스런 사랑이 그를 신의 경지로까지 이끌고 있지요. 그 이야기를 담은 책 《신곡》을 말해 보려 합니다.

"우리네 인생길 반 고비에
올바른 길을 잃고서, 나는
어두운 숲속에 있었다.
아, 거칠고 사납던 이 숲이
어떠했노라 말하기가 너무 힘겨워
생각만 하여도 몸서리쳐진다!"

신곡의 첫 구절입니다. 인생길 반 고비란 요즘 같은 백 세 시대라면 50세쯤이겠고, 역자의 친절한 설명에 따르면 단테는 "인생은 70까지"라고 했으니 35세쯤이라 짐작하면 되겠으나 숫자는 큰 의미가 없습니다. 치열하게 살다 어느 순간 돌아보니 내 자신과 세상은 지옥이나 연옥에 떨어지는 수준에 지나지 않았다는 것이지요. 할 수 있으면 맑고 깨끗하고 영원한 지복의 천국으로 나아가야 하리니, 이 세 곳을 차분히 둘러보며 남은 인생을 재정비할 나이가 이 무렵 즉 '인생길 반 고비'가 아닐까요.

여기 들어온 너희,
온갖 희망을 버릴지니라

1300년 4월의 어느 봄날. 살아오느라 몸과 마음이 지쳐 버린 단테는 어두운 숲속에서 길을 잃어 공황 상태에 놓입니다. 그런 그에게 세 마리 동물이 차례로 나타나는데, 가장 먼저 나타난 동물은 날렵하고 민첩한 표범, 뒤를 이어 사자, 그리고 굶주린 듯 보이는 암늑대 한 마리입니다.

이 세 마리 짐승은 각각 무절제와 폭력과 사기(악의)를 상징하는데, 바로 우리가 살고 있는 이 세상에 넘쳐나는 악입니다. 세 마리 짐승이 자꾸 위협하며 다가와 단테는 주춤주춤 물러섭니다. 자칫 햇빛이 들지 않는 저 어둡고 낮은 숲으로 떨어지기 일

보직전입니다.

그때 누군가가 홀연히 나타납니다. 두려움의 암흑에 갇혀 있던 단테 앞에 빛처럼 나타난 그는 바로 고대 로마의 시인 베르길리우스입니다.

"온갖 기쁨의 시작이요 바탕이 될 환희의
산에 왜 오르지 않았느냐?"

환희의 산이란 천국입니다. 그 훌륭한 곳으로 가지 않고 장차 지옥으로 이어질 이곳에서 헤매고 있는 이유를 묻는 베르길리우스는 로마를 창시했다고 하는 전설적 인물 아이네아스를 그린 서사시 《아이네이스》의 작가입니다. 13세기 사람인 단테는 베르길리우스의 작품을 읽고 또 읽으며 문학적 소양을 길렀기에 주저하지 않고 그를 최고의 스승으로 기립니다. 베르길리우스가 굳이 단테의 이 험한 여행을 안내하겠노라 자처한 이유는 오직 한 가지입니다. 단테가 흠모해 마지않는 베아트리체의 간곡한 부탁 때문입니다.

사실 베아트리체가 그리 부탁했다는 것은 작품 《신곡》 속의 설정이니, 단테가 첫사랑 여인을 불러낸 것은 자신의 삶을 위로받고 조금 더 높은 차원으로 나아가고 싶었던 바람을 기술하기 위한 문학적 장치라 해야 하겠습니다. 작품 속에서 베아트리체는 세속의 여인 그 너머의 존재로 승화되었던 것입니다. 그는 천국에 속한 존재여서 지옥과 연옥으로 내려올 수가 없었던 까닭에 모쪼록 사랑하는 단테가 숭배하는 스승에게 길안내를 맡아달라고 부탁한 것입니다.

이제 단테는 베르길리우스의 안내를 받으며 무섭고 기괴하고 끔찍한 지옥으로 들어갑니다. 이곳에는 어떤 사람들이 와 있을까요? 지옥은 아홉 개의 원으로 이뤄져 있는데, 제1원은 림보라 불리는 영역입니다. 그리스도의 세례를 받지 못한 채 죽은 아이들의 영혼과 그리스도 이전의 위대한 시인과 철인으로서 선행을 한 자들의 영혼이 있는 곳입니다. 그들 자체만으로는 선하기 이를 데 없지만 기독교 신앙을 접하지 못한 까닭에 지옥에 있다는 것입니다.

《신곡》을 막 펼쳐 읽기 시작하면서 비기독교인들이 아연실색하는 대목이 등장합니다. 림보라는 지옥 초입에 머물러 있는 자들의 면면 때문입니다. 호메로스, 호라티우스, 오비디우스, 루카누스, 소크라테스, 플라톤, 아리스토텔레스, 탈레스, 데모크리토스, 디오게네스, 헤라클레이토스, 제논, 키케로, 세네카, 에우클레이테스, 카이사르, 그리고 지금 단테를 안내하고 있는 베르길리우스까지가 다 이곳에 처해 있는 영혼입니다.

죄를 지은 것은 아니니 지옥불에 태워지며 비명을 지르고 절규하고 있지는 않습니다. 신을 믿지 않았으니 천국에 오를 가망도 없습니다. 그래서 이들이 머물고 있는 림보의 세계에는 고통도 없고 환희도 없다고 말합니다.

그렇다면 지금부터라도 신을 믿으면 되지 않을까요? 행복과 기쁨으로 충만한 천국으로 올라갈 수 있을 테니 말입니다. 하지만 이는 불가능합니다. 이미 지옥에 떨어져 있으니 이들은 영원히 거기에 머물고 있을 뿐입니다. 단테의 《신곡》이 기독교를 배경으로, 믿음을 전제로 하고 있음이 분명해지는 대목입니다.

이어서 차츰 위로 오르는데 제2원은 애욕의 죄를 범한 영혼들이 있고, 제3원은 탐욕가들이, 제4원은 낭비하고 인색한 자들의 영혼들이, 제5원은 분노한 자들의 영혼이 벌을 받고 있습니다. 이어서 제6원에는 이교도들의 영혼이, 제7원에는 폭력을 써서 죄를 지은 자들의 영혼이, 제8원과 제9원에는 사기를 치고 배신을 한 영혼들이 벌을 받고 있습니다.

이 아홉 개의 권역을 채우고 있는 영혼들의 면면은 지금 우리 사는 세상에서 그릇된 일을 아무렇지도 않게 저지르는 바로 그 모습입니다. 과연 이들이 죗값을 다 치르고 지옥에서 벗어날 날이 올까요? 림보의 경우처럼 그것은 불가능합니다. 영원히 지옥의 불에서 태워지며 괴롭힘을 당할 뿐입니다. 단테가 지옥 입구에서 노래한 구절은 지옥이 어떤 상태인지를 단적으로 말해 주는 아주 유명한 문장입니다.

"여기 들어온 너희는 온갖 희망을 버릴지니라."

정화의 불길을 넘어
눈부신 천국으로

단테는 베르길리우스의 안내를 받으며 희망이라고는 전혀 없는 지옥을 벗어나서 이번에는 그보다 위에 펼쳐지는 연옥으로 향합니다. 연옥은 방만, 시기, 분노, 나태, 탐욕, 탐식, 사음의 일곱 가지 죄를 지은 자들의 영혼이 벌을 받고 있는 곳입니다.

연옥(煉獄)의 연은 불에 굽고 지져서 정련한다는 뜻이 있습니다. 그러니 지옥처럼 단순히 불 속에 넣어져서 태워지는 고통을 받는 데서 멈추지 않고, 대장장이들이 쇠를 불 속에 넣은 뒤 메질과 담금질을 해서 훌륭한 연장으로 만드는 것처럼 죄를 불 속에서 정화한다는 의미를 지녔습니다.

연옥은 라틴어로 'purgatorium'이라 하는데 말 그대로 정화한다는 뜻을 지녔고, 그래서 연옥을 정죄계(淨罪界)라 부르기도 합니다. 지옥만큼 괴롭겠지만 그래도 죄를 씻어낼 수 있으니 희망은 있는 곳입니다. 그것은 희망적인 괴로움입니다.

연옥을 순례하는 단테의 이마에 일곱 가지 죄를 상징하는 P자가 새겨지고, 그가 한 계단 한 계단 오를 때마다 그 P자가 하나씩 지워집니다. 연옥에서 만난 자들은 아직 죽지 않은 단테가 자신들을 지나쳐가는 것에 놀라워하며 "제발 지상에 가시거든 내 친족들에게 나를 위해 기도를 올려 달라고 말해 주시오."라고 부탁을 합니다. 살아 있는 이가 죽은 자를 기억하고 그를 위해 대신 그 죄를 빌며 기도하면 그것만으로도 연옥의 영혼들은 천국으로 오를 수 있다고 합니다. 이 역시 절망이 아닌 희망이지요.

그런데 지옥의 입구에서 연옥까지 앞장 서서 그를 안내하던 스승 베르길리우스는 어느 사이 단테의 뒤에 섭니다. 인간의 정신으로 미칠 수 없는 단계에 이르렀음을 이렇게 암시하지요.

마침내 단테는 천국의 문 앞에 서게 됩니다. 베아트리체가 기다리고 있는 바로 그 곳입니다. 그토록 사랑하고 갈망하던 여인이 있는 곳이나, 이미 그는 세속의 애욕을 훌쩍 넘어서 정갈하고 고결한 영혼의 존재입니다. 처음으로 베아트리체와 마주한 단테에게 어떤 마음이 일었을까요? 혹여 지상에서 품어왔던 욕정이 다시 고개를 내밀지는 않았을까요?

하지만 베아트리체는 어머니의 모습으로 연민의 눈길을 던지며 의심 없이 천국으로 오르도록 안내합니다. 단테의 마음은 어느 사이 욕정이 아닌 신을 향한 무한한 신뢰와 기쁨으로 가득 차

오릅니다.

"이전에 사랑으로 내 가슴을 뜨겁게 하던

저 태양이 거듭거듭 들이치시며 아름다운

진리의 부드러운 용모를 내게 들춰 보여 주셨으니,

내 또한 스스로 올바르고 확실히 고백하기

위하여 마땅히 필요하다 싶은 만큼

몸을 더욱 바로 세우려고 고갤 쳐들었다."

이 시에서 말하는 태양은 베아트리체입니다. 진리의 부드러운
용모라는 표현 또한 그를 두고 한 말이며, 이미 인간 여인이 아닌
신학적 차원으로까지 베아트리체가 승화된 것을 암시하지요. 적
어도 단테에게는 그렇습니다.

그렇다고 《신곡》이 단테와 베아트리체가 천국에서 해후하는
것으로 마친다고 오해하면 안 됩니다. 그는 단테를 지옥과 연옥
을 두루 살피면서 인간으로서 사는 지상의 삶이 얼마나 위험하
고 덧없는지를 깨닫게 하고, 천국으로 안내한 뒤에 자신보다 더
고귀한 여인인 성모 마리아를 비롯하여 성자들에게 인도합니다.
마침내 단테는 베아트리체를 향해 한없는 숭배의 노래(〈천국〉 편
제31곡)를 바칩니다.

역자는 이 숭배의 노래를 "단테가 베아트리체에게 드리는 마지막이자 최고의 송가"라고 말합니다. 지상의 사랑이 천국에서 이렇게 맺어집니다. 사랑은 사람을 절망케도 하고 거듭 살게도 하나 봅니다.

신을 마주한
인간 단테

사람들은 대부분 지옥과 연옥에서 언급한 인간의 죄를 흥미롭게 다루더군요. 그런데 제 생각은 조금 다릅니다. 《신곡》의 정점은 바로 이 〈천국〉 편에 있습니다. 이곳에 이르기 위해 단테는 지옥과 연옥이라는 곳을 통과한 것입니다. 천국에서는 인간의 상식이 통하지 않습니다. 인간 세상의 시와 노래, 철학과 사상으로는 천국을 설명할 수도 노래할 수도 없습니다.

천국에서 단테는 가장 본질이요 궁극인 신을 만납니다. 아, 인간의 처지에서 신을 만나거나 볼 수가 있을까요? 이것은 인간 스스로의 힘으로는 불가능하기에 단테를 돕기 위해 여러 성현들이 등장합니다. 심지어 천국을 노래하기 위해 단테는 아폴론 신에게 부탁합니다. 영감을 불어넣어 달라는 것이지요. 단테에게 기독교가 어떤 의미와 가치를 지니는지 짐작할 수 있습니다.

단테의 《신곡》 마지막 노래는 철저하게 인간인 자신의 무력함을 토로합니다. 궁극적인 경지 안에 들어가 영원한 빛과 하나가 되고 싶지만 인간의 의지와 노력으로는 절대로 불가능함을 알기에 자신의 무력함을 토로합니다. 그러고 나서야 자신에게 드리우는 한 가닥 빛을 영접할 수 있었다고 노래합니다.

　궁극의 경지가 어떤 것인지 말로는 설명할 수 없습니다. 다만 열심히 최선을 다해 자기 인생을 능동적으로 살되 어느 순간에 이르러서는 의지로 가득 찬 자신을 비워내고 완벽하게 품을 열어 수동적인 존재가 되어 본다면, 바로 그때 우리는 신의 차원, 궁극적 진리의 차원을 마주 볼 수 있으리라 짐작해 봅니다. 온전하게 자신을 비워야 비로소 존재 그 자체와 마주하게 되는 그때가 종교적 경지가 아닐까 생각합니다.

　이 작품은 눈으로 읽다가 볼펜으로 줄을 긋기 시작했고 마침내 소리를 내어 읽어가게 됩니다. 번역문이라 애초 단테의 운율을 온전히 감상하기에는 역부족이지만, 내 목소리로 들려오는 인간적인 회한과 감사의 노래에 살짝 몸이 떨리기도 했지요. 이 작품을 읽을 때마다 눈과 마음이 조금씩 더 열리고 더 깊어질 듯합니다 지옥과 연옥과 천국의 계단을 하나씩 오르는 단테처럼 말이지요.

◆ 이마미치 도모노부, 이영미 옮김,《단테『신곡』강의》, 교유서가
◆ 단테 알리기에리, 이선종 편역,《명화로 보는 단테의 신곡》, 미래타임즈
◆ 김범준,《지옥에 다녀온 단테》, 유노북스

때로는 휴식이
지름길이 된다

한병철 《피로사회》

과거, 규율이 지배하던 시대는 "~해서는 안 된다"라는 말이 우리를 얽맸
으나 지금은 "~해야 한다"라는 말이 우리를 압박합니다.

본문 147쪽 중에서

┃이 책을 선정한 이유 ┃

한병철의 《피로사회》는 현대 사회의 성과주의를 날카롭게 분석한 철학서로, 2010
년 독일에서 출간된 이후 큰 반향을 일으켰다. 저자는 성과사회가 과잉활동과 과잉
자극을 조장하여 우울증과 소진증후군 같은 신경성 질환을 유발한다고 분석하며, 이
를 해결하기 위해 사색적 삶과 무위의 가치를 강조한다. 피로의 개념을 재해석하는
작품으로 독일을 포함한 여러 나라에서 큰 주목을 받았으며, 현대 사회와 개인의 존
재 방식을 깊이 있게 되돌아보게 하는 작품으로 인정받고 있다.

일본의 일러스트레이터인 무라카미 다케오는 어느 날 화장실에서 의식을 잃고 2주가 지나서야 깨어납니다. 병원에서 내린 그의 병명은 심장 정지, 당뇨병, 당뇨병성 케톤산증, 패혈증, 횡문근융해증, 급성신부전 등등입니다. 그가 이렇게 자기 몸을 혹사했고 방치한 이유는 그래야 자신이 살아있음을 확인할 수 있었던 데 있습니다.

세상에서 인정받는 것은 그림을 그릴 때이고, 그림을 그려서 칭찬받고, 친구도 생기고, 일거리도 얻고, 돈도 벌었습니다. 그래서 일을 멈출 수가 없었습니다. 그는 일감이 주어지는 대로 다 받다 쓰러지고 만 것입니다.

세상에서 가장 외롭게 고독과 싸우며 일 속에서 삶을 소진했던 그는 앉는 법과 걷는 법을 다시 배우며 세상과 화해하기 시작합니다. 재활 과정을 통해 인생을 살아가는 법을 다시 배우게 되었다는 그 자신의 이야기는 만화《죽다 살아났습니다요》에 담겼습니다.

이 만화를 넘기면서 눈시울이 뜨거워졌습니다. 저 역시 딱 이 만화가와 같은 처지였기 때문입니다. 상하수직관계의 조직사회에서 일하는 것은 자유를 빼앗는 것 같아서 인생의 초반부터 프리랜서로 살아왔지만, 지금 돌이켜 보면 직장인들보다 더 빽빽한 일정에 쫓겼고 제대로 쉬지도 못했습니다. 늘 피로했고 몸이 아팠고 마음은 지쳐 있지만 그래도 일을 해야 했습니다.

다행히 만화가처럼 쓰러지지는 않았지만 피로한 '나'는 이웃과 세상을 둘러보며 죄다 피로한 사람들뿐인 것에 더 지쳤습니다. 그냥 아무것도 하지 않고 가만히 있고 싶은 사람들, 더 격렬하게 아무 일도 하지 않고 가만히 있고 싶은 사람들, "날 좀 내버려 둬"가 붙어 있는 사람들과 다를 바가 없었습니다.

피로해서 지치고 탈진하고 소진해 버린 사람들로 넘쳐나는 시점에 독일에서 교수로 재직하고 있는 한병철 철학자의 《피로사회》가 세상에 나왔습니다. 저는 묻지도 따지지도 않고 책의 제목을 보고 구입했습니다만, 분명 이 책을 사서 읽는 사람들 역시 저처럼 피로하여 지친 사람들일 것입니다. 베스트셀러를 지나 스테디셀러로 독자들의 선택을 받고 있는 걸 보면 책의 내용도 내용이지만, 지금 이 시대에 무척 피로한 사람들이 많다는 것을 반증한다고 할 수 있습니다.

피로한 사람들,
그래도 외치는 파이팅

세상은 달라졌습니다. 어느 시대나 질병이 없던 시절은 없었지만, 이 시대가 앓고 있는 질병은 예전과는 사뭇 다르다고 저자는 진단합니다. 가령 예전 시대가 규율을 중시하고, 복종을 강요하고, 상사의 눈치를 보고, 동료보다 잘 살기 위해, 후배들의 귀감이 되기 위해 진이 빠지도록 일해야 하는 시대였다면, 지금은 '남'의 자리에 '자기 자신'이 슬그머니 앉아버렸다는 것입니다. 끝없이 스스로를 채찍질하고 또 해서 거듭 자기를 뛰어넘도록 분위기를 조장하는 성과중심의 사회가 되어버렸습니다. 과거, 규율이 지배하던 시대는 "~해서는 안 된다"라는 말이 우리를 얽맸으나 지금은 "~해야 한다"라는 말이 우리를 압박합니다.

또한, 언제부터인가 사람들이 만나서 헤어질 때면 주먹을 불끈 쥐고 "파이팅!"이라고 외치기 시작했습니다. 축하하는 자리에서도, 격려하는 자리에서도, 단순히 모임을 마치는 자리에서도 이 말은 단체로 터트려집니다. 하지만 주먹을 불끈 쥐고 파이팅!을 외치는 얼굴에는 피로가 역력합니다. 몸과 마음은 피곤해서 미치겠는데, 미치지도 못할 정도로 지쳐 있는데 입에서는 습관적으로 파이팅을 외칩니다.

"He can do. She can do. Why not me?"라는 말이 있습니다. 이 문장은 스스로를 격려하려는 의도로 사용되지만, 때로는 오히려 더 큰 부담감을 안기기도 합니다. 우리는 이 말에 동조하며 더 열심히 해야 한다는 압박을 스스로에게 가하고, 피로와 지친 마음을 외면한 채 끝없이 자신을 몰아붙이게 됩니다.

'안 되면 되게 하라'는 이미 낡아빠진 해병대 구호가 되었지만 여전히 많은 사람들의 마음 깊은 곳에는 무엇이든 이루겠다는 결의가 자리 잡고 있습니다. 그러나 그 다짐을 이루기에는 역부족인 현실에 부딪히며, 우리는 '내가 이 정도도 못하다니…' 하는 깊은 자괴감에 빠지게 됩니다. 이런 감정은 우울증 환자를 속출해 내고 해내지 못했다는 자괴감에 스스로를 낙오자로 낙인 찍게 됩니다.

'나는 그걸 할 수 있다, 해낼 수 있다'라는 생각에서 오는 압박감은 '그걸 해내야 나일 수 있다'라는 생각으로 응축됩니다. 자기 자신이 되어야 한다는 사회적 명령은 점점 더 강한 부담이 되어 결국 우울증으로 이어지게 됩니다.

이런 사색은 철학자 알랭 에렝베르의 사상인데, 일견 맞는 듯 보이지만 한병철 교수는 여기서 한 걸음 더 사색을 진행시킵니다. 우울증의 요인으로는 세상이 나노처럼 쪼개져서 유대하지 못하는 까닭도 있다는 것이지요. 성과사회에 내재하는 시스템의 폭력을 살펴봐야 한다고 말합니다. 이러한 폭력이 심리적 경색을 야기하며, 성과를 향한 압박이 탈진 우울증을 초래한다는 것입니다.

그 결과 세상은 신경성 질환들이 만연해 있습니다. 우울증, 주의력결핍과잉행동장애, 경계성성격장애, 소진증후군 등을 앓는 사람들이 속출하고 있다는 것입니다. '소진'이라는 말이 참 흥미롭습니다. 탈진한 정도가 아니라 다 타서 꺼져버린 것입니다. 내가 움직이고 말할 그 어떤 동력도 남아 있지 않은 상태, 영혼까지 탈탈 털려 버렸다는 말입니다.

어쩌다 이렇게 되었을까요? 저자는 후기근대적 노동사회의 새로운 계율이 된 성과주의의 명령 때문이라고 진단합니다. 할 수 있다는 긍정성이 과잉된 결과, 노동하는 동물로서 자기 자신을 착취하게 되었다는 분석입니다. 다른 이가 강요하지 않아도 자발적으로 스스로를 가혹하게 몰아간다는 것이지요.

한병철 교수는 우울증이 '더 이상 할 수 있을 수 없을 때 발발하는 것'이라고 정의합니다. 이 구절을 자꾸 읽어 봅니다. '할 수 없을 때'가 아니라 '할 수 있을 수 없을 때'라니, 대체 어떤 뜻일까요? 이는 실제로 무엇인가를 이루기보다는 이룰 수 있을 것이라는 가능성을 품고 사는 상태를 말합니다. 그러나 이런 가능성을 품었을 때 마음과 정신은 이미 여러 생각으로 포화 상태에 이릅니다. 이룰 수 있을 거라는 믿음조차 스스로에게 확신되지 않을 때, 즉 가능성마저 희미해질 때 우울이 찾아오는 것이지요.

이런 상태에 빠지면 영혼이 탈탈 털리는 듯한 공허함과 피로감이 몰려옵니다. 무언가를 이루기 위해 자신을 끊임없이 몰아붙이던 에너지가 완전히 방전된 상태, 말 그대로 심신이 모두 고갈된 상태입니다. 생각만으로도 피로가 몰려오는 이 느낌, 정말 무겁고 가혹합니다.

지치기 전에
심심해지자!

저자는 피로에서 놓여 날 수 있는 방법으로 "심심할 것!"을 제
안합니다. 사람들은 심심함을 참지 못해 끝없는 정보와 충동으
로 자신을 내몰게 마련인데, 자신을 둘러싼 모든 것에 눈길을 주
고 신경을 쓰고 의식하기보다는 현재 하고 있는 한 가지 일에 깊
이 주의를 두어 보라는 것이지요. 깊은 주의는 과잉 주의와 다릅
니다. 우리가 피로한 것은 쉬지 않고 초점을 이동하느라 그런 것
이니 한 가지 사물이나 사안에 진득하게 자신을 머물게 하면 피
로에서 풀려날 수 있다고 합니다.

저자는 심심함을 두고 "열정적이고 화려한 안감을 댄 잿빛 수
건"이라고 한 독일의 문학평론가이며 철학자인 발터 벤야민의
말을 인용합니다. 잿빛 수건은 그다지 매력적이지 않은 물건이
지만 그 안감은 '열정과 화려함'이라는 비유가 독특합니다. 아무
것도 하지 않고는 살 수 없는 것이 사람인데, 누구보다 화려하고
열정적으로 살고 싶다면 깊이 심심해야 한다는 것, 바로 그 심심
함이 피로한 사람을 따뜻하게 감싸는 수건이라는 말입니다.

그런데 혹시 독자 중에 "깊이 심심하라 이거지? 오케이. 난 이

제부터 가만히 아무것도 하지 않을 테야. 그러면 뭔가 괜찮을 것을 이룰 수 있겠지."라고 결심하고 즉흥적으로 행동에 옮기는 이도 있을 것입니다. 글쎄요, 이건 아닌 것 같습니다. 이 역시 깊은 심심함으로 어떤 성과를 내려는 성급함이 파닥이고 있으니, 이런 사람은 절대로 깊이 심심할 수가 없을 것입니다. 심심하게 아무것도 하지 않고 있으면 세상에서 낙오자가 될까 봐 두려운 사람에게 그런 걱정 내려놓고 마음껏 자신을 편안하게 내버려 두라는 뜻입니다.

깊은 심심함을 제안하는 저자는 이어서 오스트리아의 작가이며 2019년 노벨문학상 수상자인 페터 한트케의 생각을 펼쳐 보입니다. 성과 사회에 살아가느라 피로해진 사람은 세상에서 고립된 개별자라는 생각에 사무치니 그의 피로는 '고독한 피로'입니다. "나도 피로하고 너도 피로하다. 나는 네가 버겁다, 나는 네게 지쳤다"라는 말조차도 건넬 수 없을 정도여서 그냥 우리는 "지쳤어!"라고 말을 내뱉거나 이조차도 하지 못해 세상에서 숨어 버리기도 합니다. 공동체가 무너지고 모든 친밀함과 연대가 부서집니다. 더 이상 대화를 하려 들지 않으니 언어마저도 파괴됩니다. 페터 한트케는 이런 일을 두고서 "피로는 폭력"이라고 말합니다.

말조차도 할 수 없고 남을 보는 일조차 할 수 없는 피로 대신 한트케가 제안하는 '피로'가 있습니다. 차라리 그런 자신을 개방

하라고요. 자아의 조임새를 느슨하게 함으로써 틈새를 열어 준다는 것이지요. 이렇게 되면 남을 보게 됩니다. 그리고 여기에서 더 나아가 '내가 또한 남이고 남이 동시에 나이기도 하다'라는 것을 인지하게 됩니다. 중심추가 자아에서 세계로 옮겨갈 것이요, '고립된 피로가 아니라 세계를 신뢰하는 피로'가 될 것이라는 말입니다.

내가 주체가 되어 세상을 보고 있었지만 알고 보니 나 역시 세상에 보여지고 있었다는 사실, 내가 어떤 사물을 만지고 있었지만 한편으로는 만져지고 있었던 것이라는 사실을 인지하게 됩니다. 그때 피로는 성격이 달라집니다.

페터 한트케는 이것을 '근본적인 피로'라고 부릅니다. 이런 피로는 그 사람에게 영감을 주고 정신이 태어나게 하며, 이런 피로 속에서 특별한 시각이 깨어납니다. 이것을 다시 '눈 밝은 피로'라고 부릅니다. 이렇게 깨어나는 시각으로 우리는 자기 앞에 놓인 사물이나 사안을 길고 느리게 주의해서 바라볼 수 있게 됩니다. 이 과정에서 우리는 쉴 수가 있고, 서로가 뾰족하게 세웠던 날이 흐려지고 흔들리면서 우애의 분위기를 띠게 됩니다. 피로한 자들이 모여 공동의 피로를 즐기다 보면 평화가 찾아옵니다. 알고 보면 나의 피로가 평화에 기여했음을 알게 됩니다.

한병철 교수는 페터 한트케의 사상에서 피로의 반전을 꾀합니다. 하지만 조심해야 합니다. 이런 글들은 피로를 단번에 날려 보내줄 자양강장제는 아닙니다. 이미 찾아온 피로를 어떻게 맞이해야 하는지 그 방법을 제안하는 선으로 받아들여야 합니다.

산다는 것은 피로한 일이요, 전혀 피로하지 않는 삶이란 있을 수 없습니다. 피로 속에서 자신을 학대하지 않고 세상과 고립되지 않고 피로 속에서 또 살아갈 힘을 얻는 방법을 들어봅시다. 피로하다면 안심하고 쉬시기를 권합니다. 쉬면 얽매여 있던 마음에 틈새가 일고, 그 틈새를 통해 공기가 드나들고 빛이 비쳐 들 것입니다. 쉬어도 괜찮습니다. 안심하시기를 바랍니다. 안심해도 괜찮습니다.

 함께 읽으면 좋은 책

◆ 허먼 멜빌, 공진호 옮김, 《필경사 바틀비》, 하비에르 사발라 그림, 문학동네
◆ 프란츠 카프카, 이주동 옮김, 《카프카전집1-변신》, 솔
◆ 김정현, 《소진 시대의 철학》, 책세상

4장

도전하는 사람은
언제나
아름답다

목표로 나아가게 하는 책들

행운이라
불리는 것들

어니스트 헤밍웨이 《노인과 바다》

운이 따른다면 더 좋겠지만 그렇지만 나는 오히려 정확하게 할 테다. 그러면 운이 찾아왔을 때 준비가 되어 있을 테니.

어니스트 헤밍웨이, 이정서 옮김, 《노인과 바다》, 새움, 2022

▎이 책을 선정한 이유 ▎

살면서 반드시 읽어야 할 서양 문학 가운데 헤밍웨이의 《노인과 바다》를 빼놓을 수 있을까? 《노인과 바다》는 인간의 의지와 자연에 대한 경외심을 주제로 한 걸작이다. 간결하면서도 강렬한 문체로 헤밍웨이의 문학적 역량을 보여 주며, 헤밍웨이가 1953년 퓰리처상, 1954년 노벨문학상을 받는 데 결정적인 역할을 했다. 20세기 문학의 정점으로 평가받는 이 작품은 어부와 청새치의 사투를 통해 인간의 도전, 실패, 존엄성 등을 탐구한다.

산티아고는 조그만 돛단배로 고기잡이를 하며 살아가는 늙은 어부입니다. 평생 바다로 나가 물고기를 잡아서 생계를 이어왔는데 그것도 이젠 옛말이 됐습니다. 현재 그는 84일 동안 단 한 마리의 고기도 잡지 못하고 있기 때문입니다. 사람들은 매일 빈 배로 돌아오는 그를 살라오(salao)라고 부릅니다. 이보다 더 불운일 수가 없는, 세상에서 가장 운이 없는 사람이라는 뜻이지요.

이웃 어부들은 운이 없는 늙은 어부를 흉보거나 측은하게 여깁니다. 하지만 산티아고에게 바다 일을 배운 이웃 소년 마놀린은 홀로 그를 응원합니다. 바다 한가운데에서 노인이 물고기 잡는 모습을 보았기 때문입니다. 소년은 잠에서 깨어난 산티아고에게 신문을 구해다 주고 깡통에 커피를 받아오거나 음식을 가져다 줍니다. 산티아고는 이런 소년에게 신문 속 세상 돌아가는 사정이나 가난을 딛고 성공한 프로야구 선수들의 이야기를 들려줍니다.

산티아고는 마을 사람들의 숙덕거림을 잘 알고 있습니다. 어부는 물고기를 낚는 사람인데 한 마리도 낚지 못한다면 그는 이제 어부라 불릴 수 없습니다. 하지만 늙은 산티아고는 어부로서의 삶이 그렇게 끝나서는 안 된다는 것을 알고 있습니다. 84일 동안 이어오던 불운이 85일째까지 이어진다는 법이 어디 있습니까.

어느 날 이른 아침, 산티아고는 작은 배를 타고 멕시코만으로 나갑니다. 뜨거운 태양에 온몸이 노곤해지는 찰나 녹색 찌가 획 바다 속으로 잠기는 것을 봅니다. 가볍게 손가락으로 낚싯줄을 잡았는데 심상찮은 기운을 느낍니다. 평생 바다 위에서 잔뼈가 굵은 그는 어마어마하게 덩치 큰 어떤 녀석이 걸려들었음을 알아차립니다.

이제 늙은 어부와 몸길이 5.5미터의 청새치와의 힘겨루기가 시작됩니다. 도와줄 사람도, 격려해 줄 사람도 없이 어부는 혼자 사투를 벌입니다. 죽지 않으려는 자와 기필코 그를 잡으려는 자, 이 적대적 관계는 망망대해에서 유일하게 서로의 생의 의지를 붙잡아 주는 동료가 됩니다. 내가 현재 살아있음을 증명하는 단 하나의 동료입니다. 하필 그를 잡고 희생양을 만들어야 한다는 것이 아이러니입니다만, 인생이란 게 그렇지 않던가요.

"'물고기야.' 그는 말했다. '나는 자네를 좋아하고 매우 존경하지. 하지만 나는 오늘이 끝나기 전에 자네를 죽일 걸세.' 그러길 우리 희망하자. 그는 생각했다."

그렇게 사흘을 넘도록 낚싯줄 하나에 두 생명이 매달려 어떻게든 벗어나려 몸부림을 치고 어떻게든 끌어당기려 애를 씁니다. 살려는 몸부림은 무섭습니다. '죽기살기로'라는 말이 괜히 있는 것 아닙니다. 살기 위해 살기(殺氣)를 띤 청새치는 할 수 있는 온갖 방법을 써서 자기가 물어버린 낚싯대 고리를 뱉어내려 하고, 그를 잡으려고 살기를 띤 조각배 위의 늙은 어부는 청새치의 몸부림을 따라가며 그의 생기가 다하기를 기다립니다. 손을 다치고 머리가 뱃전에 부딪칩니다.

어부는 쉬지 않고 스스로에게 소리 내어 말하면서 지루함과 고단함을 이겨내려 합니다. 그리고 그는 자주 마놀린이 지금 이 자리에 있었으면 하는 생각을 합니다. 그렇다면 이 끝 없는 사투에서 교체되어 쉴 수도 있으련만, 필요한 도구를 알아서 가져와 손에 쥐어 주기도 하련만, 하지만 이 망망대해 위의 조각배에는 산티아고 홀로입니다. 평생을 살면서 누군가가 곁에 있어 주기를 바라지만 결국은 홀로 살아내야 하는 것이 인생이라는 것을 보여 줍니다.

청새치는 그의 작은 배 주변을 하염없이 빙빙 돌고 이따금은 바다 속 깊이 내려가기도 하면서 자신의 운을 실험해 봅니다. 끝내 풀려날 기미를 찾지 못하자 마지막 몸부림을 칩니다. 산티아고는 모든 고통과 남아 있던 힘과 오래전 사라진 자존심을 가지고 물고기의 사투에 맞섰고, 물고기는 그의 옆으로 갑자기 다가와 조용히 헤엄쳤습니다. 그리고 파국이 다가왔습니다. 온 힘을 다해 작살을 높이 쳐들었다가 청새치의 가슴지느러미 옆으로 박아 넣은 것입니다.

"그때 물고기가 그 안에 죽음을 품은 채, 다시 살아났고, 자신의 거대한 길이와 넓이, 힘과 아름다움 전부를 온전히 보여 주면서 물 밖으로 높이 솟구쳐 올랐다. 그는 배 안의 노인 위쪽 허공에 매달린 것처럼 보였다. 그리고 나서 그는 노인과 배 위로 온통 물을 뿌리며 요란한 소리와 함께 물속으로 떨어졌다."

마지막까지 버틴 자에게는 자신의 포획물을 안전하게 챙겨서 항구로 돌아가는 다음 과제가 기다리고 있습니다. 산티아고는 배보다 더 큰 청새치를 배에 바짝 붙여서 떠내려가지 않도록 단단히 묶은 뒤 해안으로 방향을 잡았습니다. 온몸의 힘을 다 써버렸고 크고 작은 상처가 생겨났지만, 이 모든 것은 스스로 해야 할 일을 하느라 일어난 일일 뿐입니다. 누구에게 분풀이도 화풀이도 신세타령도 할 필요는 없습니다.

때론 행운이
고통을 부른다

또 다른 전쟁이 기다리고 있습니다. 청새치의 피 냄새를 맡은 상어들이 먹잇감을 향해 몰려들었기 때문입니다. 이미 기진할

대로 기진한 상처투성이 늙은 어부는 이제 새로운 상대를 맞게 되었습니다. 전리품을 빼앗기지 않으려는 자와 기필코 빼앗아 먹으려는 사냥꾼의 싸움입니다.

청새치를 뜯어먹으려 달려든 어떤 상어는 큰 부상을 입고 떨어져 나가고, 어떤 상어는 그 기세에 놀라 스스로 멀어집니다. 하지만 그냥 돌아가지는 않습니다. 천신만고 끝에 얻은 그의 전리품을 덥석 베어 물고서 사라졌습니다. 한 떼를 물리치면 또 한 떼가 몰려들어서, 산티아고는 밤새도록 어두운 밤바다 한가운데에서 또다시 결투를 벌여야 했지요.

잠시 숨을 돌릴 짬이 생기면 청새치의 살점이 얼마나 뜯겨나갔는지를 살폈고, 그로 인한 손실을 계산했습니다. 차라리 자신의 행운이 끝나버렸음을 인정하고 침대에서 길게 몸을 누이는 것이 더 나았으리라는 생각도 합니다. 처음에는 청새치를 잡느라, 이어서는 상어 떼를 물리치느라 가지고 있던 모든 무기는 다 바다 속으로 사라져 버렸습니다. 행여 또 다른 상어 떼가 청새치 냄새를 맡고 다가오면 어찌해야 할지 눈앞이 캄캄해질 때 산티아고는 소리 내어 말했습니다.

"생각하지 말게나, 늙은이. 이 행로를 항해하다 그게 오면 맞서면 되는 거야."

쉬지 않고 달려드는 상어 떼를 물리치면서 쉬지 않고 솟아오르는 생각들을 뱉어내면서 늙은 어부는 밤새도록 마지막 남은 무기인 곤봉을 휘두르며 그의 행운의 증거를 지키려고 사투를 벌입니다. 인간은 "파멸 당할지언정 패배하지는 않는다"라는 조용한 그의 독백을 들었을까요. 다행히 상어 떼는 저마다 한 입 가득 청새치의 살점을 뜯어 먹은 뒤 물러났고 마지막 한 마리가 청새치 대가리를 물어뜯으려고 다가왔는데 어부는 직감했습니다. 청새치에게는 뜯어 먹을 살점이 하나도 남지 않았다는 것을. 마지막 상어를 물리치고 나서야 그는 뱃머리를 해안으로 향할 수 있었습니다.

세상은 영웅의 귀환을
알지 못한다

이 장대한 전투를 마친 그가 영웅처럼 사람의 해안에 도착했을 때 마을의 불은 이미 꺼지고 모두들 깊은 잠에 빠져 들어 있었습니다. 사정없이 부서진 배 옆에 코에서 꼬리까지 18피트(약 5.5미터)나 되는 청새치 잔해만 그대로 남겨놓고서 그는 어구를 정리하고 마지막 힘을 몰아 오두막 낡은 침대로 가서 몸을 눕혔습니다.

소설은 깊은 잠에 빠진 늙은 어부를 보살피는 소년과, 잠에서 깨어난 뒤 도란도란 이야기를 나누는 두 사람의 모습으로 끝이 납니다. 부둣가의 관광객들은 배 옆에 묶인 청새치의 잔해 크기에 혀를 내두를 뿐이지요. 어종을 묻는 손님에게 카페의 종업원은 심드렁하게 "상어"라고 대답합니다. 사흘 밤낮 일어난 사투를 궁금해 하는 사람은 아무도 없고, 84일의 불운을 털어낸 노인은 자신이 이겼는지 패했는지 따지지 않습니다. 그저 기운을 되찾은 뒤 소년과 다시 고기 잡으러 배를 타고 나갈 생각을 할 뿐입니다.

늙은 어부 산티아고가 조각배에 몸을 싣고 자신의 행운을 확인하러 나아간 멕시코만은 우리가 아침부터 저녁까지 종종거리며 뛰어다니는 이 세상입니다. 수도 없이 선택의 갈림길에 서고, 자기 선택에 책임을 져야 하며, 힘들고 지쳐도 그런 내색을 내비치지 말아야 합니다. 끝내 세상과의 싸움에서 무릎을 꿇기도 합니다.

"여기까지야!"라며 스스로의 시간에 금을 긋는 순간, 그 사람은 걷잡을 수 없는 패배감에 휩싸입니다. 하지만 헤밍웨이는 산티아고의 입을 빌려서 말합니다. 패배하려고 태어난 것이 아니라고요. 열심히 살다가 무릎이 꺾여 파괴될지언정 패배할 수는 없는 것이 인생이라고 말이지요.

노인은 부두에 도착하기 직전 뱃머리에 고단한 몸을 누이고서 생각에 잠깁니다. 무려 84일 동안의 불운을 떨쳐 버리고 돌아오는 길인 그에게 행운이란 것은 과연 무엇일까요? 어마어마한 크기의 이 거대한 청새치를 낚은 일일까요? 그 청새치를 지키느라 밤새도록 사투를 벌여 상어를 물리친 것일까요? 그나마 배가 부서지지 않고 무사히 항구로 돌아올 수 있었던 일일까요? 그 모든 것이 행운일 수도 있고 불운일 수도 있을 테지요. 노인은 생각합니다.

"행운은 다양한 형태로 오는 것인데 누가 그것을 알아챌 수 있겠어?"

《노인과 바다》는 헤밍웨이의 마지막 작품입니다. 그동안 숱한 화제작을 쏟아냈지만 생애 마지막 작품으로 노벨문학상을 받았습니다. 이 상을 받으려고 작품을 쓰지는 않았을 것입니다. 그는 작가였고, 소설이라는 청새치를 낚아야 했지요. '헤밍웨이는 한물 갔다'라며 무자비하게 달려드는 세상의 비아냥에 그는 분노하지도 서운해 하지도 않았습니다. 온갖 상어떼가 다가온 것은 그가 너무 멀리 나가서 거대한 청새치를 낚았기 때문일 뿐입니다. 헤밍웨이는 작가이기에 글을 쓰는 일만 하면 되는 것이고, 산티아고는 어부이기에 물고기를 낚기만 하면 되는 것입니다.

행운은 이미 내 곁에 와있을지도 모릅니다. 문제는 그 행운이란 것이 어떤 모습으로 내게 다가왔는지를 알지 못한다는 점입니다. 낚아채는 유일한 방법은 내가 할 수 있고 하고 있는 일을 열심히 하는 것뿐입니다. 운이 없다고 주저앉으면 살아온 세월이 억울합니다. 바로 내일, 지금까지의 불운을 씻어버릴 행운이 찾아올 줄 누가 압니까? 그리고 어쩌면 내일 바다라는 세상으로 다시 나아갈 수 있다는 사실 자체가 커다란 행운일 수도 있지 않을까요?

무려 84일간의 불운을 씻고 85일째에 너덜너덜한 행운을 낚은 뒤 소년과 다시 바다로 나갈 이야기를 나누는 산티아고처럼 불운에도 행운에도 담대해진다면 좋겠습니다.

 함께 읽으면 좋은 책

◆ 어니스트 헤밍웨이, 구자언 옮김, 《킬리만자로의 눈》, 더클래식
◆ 허먼 멜빌, 김석희 옮김, 《모비 딕》, 작가정신
◆ 스티븐 D. 헤일스, 이영아 옮김, 《운이란 무엇인가》, 소소의책

생각하기보다는
움직여야 한다

무라카미 하루키《달리기를 말할 때 내가 하고 싶은 이야기》

세상은 공평하지 않다. 그러나 그것은 우리가 더욱 노력할 기회를 주는
것이다.

무라카미 하루키

▌이 책을 선정한 이유 ▌

무라카미 하루키는 프란츠 카프카상과 예루살렘상 등등 국제적으로 권위 있는 문학
상을 다수 수상한 세계적인 작가다. 그의 작품은《상실의 시대》를 포함해 50개 이상
의 언어로 번역되어 전 세계 독자들에게 사랑받고 있다. 《달리기를 말할 때 내가 하
고 싶은 이야기》는 단순한 달리기 기록을 넘어, 삶과 창작에 대한 통찰을 담고 있다.
하루키는 달리기란 내면을 탐구하고 성장의 에너지를 얻는 과정이라 여겼으며, 이를
통해 독자들에게 자신과의 싸움에서 나아갈 용기를 전한다.

1978년 4월 1일 오후 1시 반 전후에 소설을 쓰자고 생각하고서 신주쿠의 기노쿠니야 서점에 가서 원고용지 한 뭉치와 1,000엔 정도의 세일러 만년필을 사고, 가을이 되었을 때 400자 원고지로 200매 정도의 작품 한 편을 다 썼으며, 첫 번째 작품을 출판사에 보냈을 때 20대 마지막 가을이 지나던 중이었다고 인생을 회고할 수 있는 사람이면, 자기 인생을 자기 의지대로 '멋지게 살아가는 사람'이라 말할 수 있을 것입니다.

멋지게 살아가는 사람 무라카미 하루키는 아무튼 뭔가를 다 쓴 뒤에 내친김에 문예지 신인상에 응모해 보았고, 까맣게 잊고 있다가 신인상을 탔습니다. 첫 소설《바람의 노래를 들어라》는 이렇게 세상에 나왔습니다. 이후 꾸준히 작품을 썼고 독자들의 호응이 이어지자 소설가로서 한번 살아보기로, 그것도 딱 2년간 시험 삼아 살아보기로 결심하고 대학시절부터 아내와 함께 운영하던 까페를 접습니다. 전업작가로 살기로 마음먹은 뒤 종일 책상 앞에 앉아서 글을 쓰게 되었지요.

하루 종일 책상 앞에서 글을 쓰는 일은 체력과의 싸움이기도 했습니다. 체중이 불어나고 체력이 달리기 시작합니다. 글이 잘 풀리지 않아 담배를 하루에 60개비씩 피워물던 끝에 그는 또 하나의 일을 계획합니다. 바로 달리기입니다. 딱히 동료가 필요하지도 않고 특별한 운동기구나 스포츠센터가 있을 필요도 없습니다. 그저 발에 신을 운동화와 달릴 수 있는 길만 있으면 할 수 있는 운동이 달리기입니다.

하루키는 생활습관을 바꿉니다. 아침 5시에 일어나서 몰입한 채로 글을 씁니다. 그리고 집밖으로 나가서 달리기를 한 뒤에, 오후에는 이런저런 잡다한 일들을 처리하고, 밤 10시 전에는 잠자리에 듭니다. 현대인에게 하루키의 이런 생활패턴은 쉽지 않습니다. 밤 문화가 주는 유흥과 교제를 완전히 포기해야 하기 때문입니다. 그가 탐닉하는 음악이며, 음식 등의 기호를 떠올리면 방임이라 해도 좋을 정도로 나른하고도 제멋대로의 인생을 즐기는 것 같은데 내 머릿속의 하루키와 실제의 하루키는 이렇게 전혀 다른 삶을 살고 있네요.

하루키는 이렇게 일상을 살아가는 것이 자기한테 맞는 일이라고 말합니다. 이 때문에 사람들과의 교류가 끊어져도 어쩔 수 없는 일이라고 합니다. 자기 분야에서 이미 어마어마한 성공을 거두었으니 그렇게 큰소리를 칠 수 있는 거라며 빈정대고 싶지만, 하루키는 자기가 어떤 유형의 사람이고, 무엇을 하고 싶으며, 어떻게 살고 싶은지를 분명하게 알고 있습니다. 그렇기에 그는 자기 삶이 이룰 수 있는 최고의 성과를 거머쥐었음을, 이 책을 읽으면서 인정하지 않을 수 없었습니다.

그저 달리고
또 달릴 뿐

도서관에서 하루키의 책을 빌리려면 대출 예약을 걸어야 합니다. 그가 신작을 발표하면 대출 예약 대기자가 너무 많아서 아예 포기해야 하지만 시간이 어느 정도 지나면 한가하게 빌려서 읽을 수 있습니다.

그런데 많은 작품 가운데 자신의 삶을 독자에게 들려주는 거의 유일한 에세이집 《달리기를 말할 때 내가 하고 싶은 이야기》라는 이 책은, 2007년에 책이 나오고 2009년 한국어 번역판이 나온 이래 지금까지도 대출 예약이 줄을 잇고 있습니다. 독자는 그의 작품보다 작품을 쓰는 작가로서 어떻게 살아가고 있는지가 더 궁금한 것이 틀림없습니다. 이것만 보아도 무라카미 하루키는 정말 이 시대의 아이콘이라 하지 않을 수 없습니다.

"공부는 엉덩이로 한다."라는 말이 있듯이 의자에 엉덩이를 딱 붙인 그 눅진한 인내심이 공부하는 사람에게 절대적으로 필요한 것은 두말하면 잔소리입니다. 상위 1퍼센트의 천재가 아니라면 말이지요. 하루키는 작가로서 써낸 첫 번째 작품부터 상을 받고 베스트셀러, 밀리언셀러가 되었지만, 스스로를 가리켜서 재능이 뛰어난 것은 아니라고 말합니다. 샘물이 퐁퐁 솟아나듯 영감의 글쓰기를 할 수 있는 천재가 아니라는 사실을 진작에 깨달은 그는 노동자가 되기로 마음 먹습니다. 괭이를 쥐고 암반을 깨고 구멍을 깊이 뚫는 노동, 그러지 않고는 창작의 수원(水原)에 도달할 수 없다는 것이 스스로의 진단입니다.

하루키는 시간과 노력을 들여서 자기 몸을 호되게 움직이는 길을 택합니다. 작품을 쓸 때마다 일일이 새롭게 깊은 구멍을 파지 않으면 안 된다는 심정으로 자신의 글쓰는 기술과 체력을 효율적으로 관리하기로 한 것이지요. 인생은 기본적으로 불공평한 것인 줄 알고 있기에 자신이 할 수 있는 일을 최선을 다해서 열심히 할 뿐입니다. 그리고 이렇게 열심히 하는 것이 자신의 적성에 맞았기 때문입니다.

이 책은 마라톤 풀코스를 뛰게 되기까지의 과정, 100킬로미터 울트라 마라톤에 도전하는 이야기, 트라이애슬론에 입문하는 과정과 훈련담, 그리고 어느 사이 나이를 먹어서 더 이상 기록갱신이 어려워지는 것을 느끼는 순간 등등이 솔직하고 담담하게 담겨 있습니다.

거창한 달리기 예찬론이 펼쳐지지는 않습니다. 달리기와 관련한 인문학적 고찰 같은 것도 없습니다. 그는 새벽같이 일어나 글을 쓴 뒤에 굳어진 몸을 풀기 위해 달렸고, 오랫동안 글을 쓰기 위해 체력을 키워야 해서 달렸고, 자신의 한계를 늘려 보고 싶어서 달렸습니다. 어느 사이 그에게 달리기는 매일의 생활에 하나의 중심축이 되었고, 일주일에 60킬로를 달리는 꽤 착실한 러너가 되어 있었다고 고백합니다.

착실한 러너가 되었다고 해서 하루키가 날마다 달리는 것이 늘 즐겁기만 했을까요? 어쩌면 하루쯤은 쉬고 싶은 마음이 고개를 들었을 것입니다. 운동화를 신고 나갈 때마다 '오늘 하루는 쉬어도 되잖아'라는 마음이 일었을 테지요. 달리기를 해야 할 이유는 그래야 글을 쓸 수 있다는 단순하고 사소한 것이지만, 달리기를 그만둬야 할 이유는 대형 트럭 가득 실을 만큼 많다는 것을 알아차렸습니다. 분명 이걸 알았기 때문에 계속 달렸을 것입니다. 그저 시간이 날 때마다 부지런히 달리고 또 달리고….

자신이 하고 있는 달리기에 대해서 무얼 더 말할 수 있겠느냐고 하루키는 묻습니다. '독자가 무엇이라 평가하든 달리는 것이 자신이기에 달린다'라며 자신을 보여 줍니다. 엉뚱하지만, 달리기를 하면서 하루키가 작가로서의 삶을 유지하고 있듯이 '나도 더 늦기 전에 뭐라도 하자. 그걸 꾸준히 하자. 그리고 나를 그대로 인정하자'라는 생각이 들었습니다.

죽을 때까지 달리기를 멈추지 않는다는 것은 글쓰기를 쉬지 않는다는 뜻이겠지요. 날마다 글을 쓴다는 것은 그날 오후에 달리기를 쉬지 않았다는 뜻이 됩니다. 적어도 하루키는 자신의 삶이 그렇게 이어지기를 바라고 있습니다. 미리 써둔 그의 묘비명처럼 말이지요.

무라카미 하루키

작가(그리고 러너)

1949~20××

적어도 끝까지 걷지는 않았다

내 것이 될 수 없는 것을 넘보거나 미련을 두지 않고 내가 할
수 있는 일에 내가 쏟을 수 있는 힘을 쏟으면서 하루하루를 살아
간다면, 적어도 우리는 핑계만 뱉어내며 대충 타협하는 비루한
인생으로 삶을 마치지는 않을 것입니다. 살아야 할 이유가 한 트
럭 분량 정도 쏟아지지 않을까요?

 함께 읽으면 좋은 책

◆ 베르나르 올리비에, 임수향 옮김, 《나는 걷는다 1~3》, 흐름출판
◆ 토르 고타스, 석기용 옮김, 《러닝, 한 편의 세계사》, 책세상
◆ 스티븐 킹, 김진준 옮김, 《유혹하는 글쓰기》, 김영사

삶은 내게
무엇을 기대하는가

빅터 프랭클 《빅터 프랭클의 죽음의 수용소에서》

다시 말해서 이 책은 강제 수용소에서의 일상이 평범한 수감자들의 마음에 어떻게 반영됐을까 하는 질문에 답하려고 쓴 것이다.

빅터 프랭클, 이시형 옮김, 《빅터 프랭클의 죽음의 수용소에서》, 청아출판사, 2020(개정판)

▌이 책을 선정한 이유 ▌

《빅터 프랭클의 죽음의 수용소에서》는 나치 강제수용소에서의 경험을 바탕으로, 인간이 극한 상황에서도 삶의 의미와 가치를 찾을 수 있음을 강조한 심리학 저서다. '로고테라피'의 창시자인 프랭클은 극한의 고통 속에서도 희망과 존엄을 유지하는 방법을 제시하며, 전 세계적으로 필독서로 자리 잡고 있다. 이 책은 전 세계에서 1,600만 부 이상 판매되었으며, 뉴욕타임스가 선정한 '역대 가장 영향력 있는 책 10권' 중 하나로 꼽힌다.

영화 《존 오브 인터레스트》는 어느 독일인의 평화롭고 아늑한 가정을 배경으로 합니다. 아이 다섯을 둔 젊은 부부는 정원에 핀 꽃을 감상하고 수영장에서 물놀이를 즐기며 흥겨운 파티도 엽니다. 이 집의 정체는 나치 친위대 관사입니다. 능력 있고 가정적인 젊은 가장 회스는 아우슈비츠 강제수용소 소장으로, 백만 명이 넘는 유대인을 학살해서 훗날 전범으로 교수형에 처한 실제 인물입니다.

이들의 집은 아우슈비츠와 담장을 나란히 하고 있습니다. 담장 바깥에는 헤아릴 수 없이 많은 인간이 학살당하고 학대당하고 있지만 정작 담장 안쪽에서는 평화롭고 잔잔한 일상이 흐릅니다. 이 행복한 가족은 말합니다. 이곳이 바로 자신이 그토록 살고 싶었던 낙원이라고요.

그들은 저 담장 너머의 세계를 그들은 몰랐을까요? 굴뚝에서 솟아오르는 연기가 무얼 태우는 것인지, 쉬지 않고 들려오는 소리가 누구를 어떻게 다루고 있는 것인지 모를 리 없지만 상관없습니다. 관객조차도 그 참혹한 현장을 목격하고 있지는 않지만 러닝타임 105분 동안 연기와 소음으로 또렷하게 인지하고 있습니다.

혹시 이 영화를 보고서 저 담장 밖에서 어떤 일이 벌어지고 있었는지가 궁금하다면 프리모 레비의 《이것이 인간인가》를 읽어

보기를 권합니다. 강제수용소에서 보낸 열 달 동안 그와 그의 동료들이 어떤 상황에 처해 있었는지 소름이 끼칠 정도로 생생하게 담겨 있습니다.

그리고 또 한 권의 책이 있습니다. 바로 《빅터 프랭클의 죽음의 수용소에서》입니다. 오스트리아 빈 대학에서 의학박사와 철학박사 학위를 받은 그는 제2차 세계대전 당시 3년 동안 다하우와 아우슈비츠 강제수용소에서 지냈는데, 그때의 체험을 기록한 책입니다. 그런데 이 책은 《이것이 인간인가》와 결이 조금 다릅니다. 강제수용소에서 살아가고 살아남은 자들의 심리를 들여다보고 있기 때문입니다.

그 시절, 유대인 강제수용소는 어떤 곳이었을까요? 빅터 프랭클은 오래된 우화 〈테헤란의 죽음〉을 소개합니다. 돈 많고 권력 있는 페르시아 사람이 하인과 자기 집 정원을 산책하고 있던 중, 하인이 갑자기 외마디 비명을 지릅니다. 죽음의 신을 보았는데 자기를 데려가겠다고 위협했다는 겁니다. 하인은 주인에게 가장 빠른 말 한 마리를 빌려 달라고 말합니다. 오늘 밤 안으로 테헤란으로 도망치기 위해서입니다.

딱하게 여긴 주인이 말을 빌려 주었고 하인은 테헤란을 향해 뒤도 돌아보지 않고 말을 달립니다. 하인을 떠나보낸 뒤 집 안으로 들어간 주인 역시 죽음의 신과 마주칩니다. 주인이 물었지요.

"왜 내 하인을 겁주고 위협하였소?" 죽음의 신이 대답합니다. "아뇨, 절대로 그러지 않았습니다. 다만 오늘 밤 그를 테헤란에서 만나기로 했는데 아직도 이 정원에 있는 것을 보고 그저 놀라움을 표시했을 뿐입니다."

태어난 이상 그 누구도 죽음을 벗어날 순 없습니다. 이 사실을 모르는 사람은 없습니다. 그러나 강제수용소에 수감된 이들은 절박하고도 급박합니다. 수용소 앞마당에 줄지어 세워진 채 관리자의 손가락이 수감자 한 사람 한 사람을 짚어가며 오른쪽으로 왼쪽으로 방향을 가리키는 것을 보아야 하거든요.

"그날 저녁에야 우리는 손가락의 움직임이 가진 깊은 뜻을 알게 됐다. 그것이 우리가 경험한 최초의 선별, 삶과 죽음을 가르는 첫 번째 판결이었던 것이다."

지시를 따라 두 방향으로 나뉘면 어딘가로 이동하고, 도착해서야 수감자들은 알아차립니다. 자신이 보내진 오른쪽 또는 왼쪽이 오늘 밤에 죽음의 신을 만나는 방향이었음을 말입니다. 살아남은 자는 친구의 행방을 묻기도 하는데, 수용소에 먼저 와 있던 사람은 이렇게 대답합니다.

"그가 손가락을 들어 몇백 야드 떨어진 곳에 있는 굴뚝을 가리켰다. 굴뚝은 폴란드의 회색빛 하늘 위로 불기둥을 내뿜고 있었다. 불기둥은 곧 불길한 연기구름으로 변했다.

'당신 친구가 간 곳이 바로 저기요. 아마 지금쯤 하늘 위로 올라가고 있을 겁니다.'"

다행히 죽음의 대열을 면할 수 있었다 해도 안심할 수 없습니다. 강제노동에 내몰리며 끝없이 걸러지는 시험대에 오릅니다. 걸러지고, 또 걸러지고 헤쳐모여를 하고 다시 걸러집니다. 무슨 죄를 지었기에 이런 혹독한 운명의 시험대에 오르는 것일까요? 그 어떤 무거운 죄를 지었다고 해도 한 사람의 운명을 이렇게 함부로 다뤄서는 안 된다는 것을 모를 사람은 없습니다.

하지만 페르시아 부자의 하인이 한밤중에 말을 타고 테헤란으로 도망쳐 달렸어도 알고보니 바로 그곳이 죽음의 신과 만나기로 한 장소였던 것처럼, 어떻게 하면 살아남을 수 있을까를 궁리하고 궁리한 끝에 선택한 지점이 사실은 한 자락 굴뚝의 연기가 되는 길일 수도 있다는 걸 기억해야 합니다. 노동력을 착취당하고, 수용소 관리의 즉흥적인 판단에 따라 삶과 죽음이 나뉘는 바로 그 현장에 지금 서 있다고 상상해 봅시다. 절망하거나 체념하거나 포기하는 일 말고 무엇을 할 수 있을까요? 아우슈비츠를 비롯한 유대인 강제수용소는 바로 이런 곳이었습니다.

인생에서
정말로 중요한 것

《빅터 프랭클의 죽음의 수용소에서》는 이 모든 비극의 시간을 세 단계로 나누어 각 단계마다 일어나는 수감자의 심리 반응을 독자에게 설명합니다. 강제수용소에 들어온 직후, 틀에 박힌 수용소 일과에 적응했을 무렵, 그리고 석방돼 자유를 얻은 후입니다.

가장 먼저 강제수용소에 도착했을 때의 특징적인 징후는 충격입니다. 역에 도착한 새벽부터 수용소에서 첫 밤을 맞을 때까지 수감자들은 무엇보다도 끔찍한 공포와 함께 지금까지의 삶이 깡그리 무시당하고 박탈당하는 충격을 겪습니다. 그러면서도 나만큼은 비극적인 종말이 찾아오지 않을 거라는 일종의 집행유예 망상도 찾아오며, 섬뜩한 농담을 주고받거나 냉담한 궁금증을 일으키기도 합니다. 지독하게 두려운 상황에 처했으면서도 '다음에는 무슨 일이 벌어질까, 결말은 어떻게 될까' 하며 자신의 현재 처지에 대해 놀라울 정도로 객관적인 시각을 갖게 됩니다.

이후 궁금증은 놀라움으로 바뀌는데, 혹독한 추위에도 감기에 걸리는 이가 없다는 사실이 이를 증명한다고 합니다. 인간은 환경에 적응하고 살게 마련이라는 것이지요. 다만 결코 권할 만한 상황은 아닙니다. 아우슈비츠 수감자들은 충격을 받은 나머지 더 이상 죽음을 두려워하지 않으며, 심지어 가스실이 있다는 사실이 사람들로 하여금 자살을 보류하게 했다고 그는 말합니다.

하지만 현실은 상상조차 할 수 없는 가혹한 수용소입니다. 인종청소라는 명목으로 수감되어 언제 끝날지 모르는 수용소 생활을 해 나가야 하는 수감자는 하루하루가 지옥입니다. 그런데도 그곳은 여전히 사람이 살아있는 곳이요, 살아가고 있는 곳입니다. 수감자들은 그 이후 온갖 다양한 심리 반응을 일으키는데, 결정적인 것은 동료 수감자가 비참한 상태로 죽음을 맞이하여도 바로 그 곁에서 덤덤히 빵을 뜯거나 물 같은 수프를 들이마실 수 있게 된다는 사실입니다.

모멸감에 치를 떨지만 할 수 있는 것은 없습니다. 그저 따뜻한 물에 목욕이나 하고 배불리 뭔가를 먹었으면 하는 소망만 품게 되지요. 이렇게 인간으로서의 존엄을 찾아볼 수 없을 정도로 추락한 빅터 프랭클은 어느 날 사랑하는 아내를 떠올리며 그와 이야기를 나눕니다. 아내도 강제수용소에 수감되었고 살아 있는지 죽었는지도 알 수 없지만 아무래도 좋았습니다.

"그러나 한 가지만은 알고 있었다. 그것은 그때서야 깨달은 것인데, 사랑은 사랑하는 사람의 육신을 초월해서 더 먼 곳까지 간다는 것이었다. 사랑은 영적인 존재, 내적인 자아 안에서 더욱 깊은 의미를 갖게 된다. 사랑하는 사람이 실제로 존재하든 존재하지 않았든, 아직 살았든 죽었든 그런 것은 하나도 중요하지 않았다."

굶주린 상태에서 곡괭이 한 자루로 얼어붙은 땅을 파헤치는 노역에 시달리면서 그는 마음속으로 아내를 떠올렸고 침묵 속에서 아내에게 말을 걸었습니다. 사랑하는 이와 나누는 침묵 속의 대화가 그를 하루하루 살게 해 준 것입니다.

"나는 그것이 절망적이고 의미 없는 세계를 뛰어넘는 것을 느꼈다. '삶에 궁극적인 목적이 있는가'라는 나의 질문에 어디선가 '그렇다'라고 하는 활기찬 대답을 들었다."

매 순간 이 길이 나를 살게 할 것인가, 죽음으로 보낼 것인가를 의심하며 선택해야 하는 수감자들은 살아남기 위해서 온갖 부정을 자행하지 않을 수 없습니다. 하지만 그 와중에도 자신의 빵을 양보하고, 조금이나마 덜 고통스러운 자리를 알려 주고, 심지어 기꺼이 동료와 함께 죽음의 대열에 서는 사람도 있습니다.

편안하게 책상 앞에 앉아 이 책을 읽으면서 '말이 쉽지, 어떻게 그럴 수 있어? 정말 특별한 인격을 지니지 않고서야…'라는 생각을 떨칠 수 없습니다. 하지만 매 순간 생사의 줄타기를 해야 하는 수용소에서 실제로 벌어지는 일이라는 것입니다. 특별한 사람이 아니어도 사람은 이렇게 인간으로서의 존엄성을 지킬 수 있음을 빅터 프랭클은 목격한 것이지요.

"내가 왜 살아야 하는지 모르겠다."

"살아야 할 의미를 찾지 못하겠다."

빅터 프랭클은 수용소 동료에게서 이런 말을 들으면 그에게 다가가 일러 주었습니다.

> "정말 중요한 것은 우리가 삶에 무엇을 기대하는가가 아니라 삶이
> 우리에게 무엇을 기대하는가 하는 것이라는 사실을. 삶의 의미에
> 대해 질문을 던지는 것을 중단하고, 대신 삶으로부터 질문을 받고
> 있는 우리 자신에 대해 매일 매시간 생각해야 할 필요가 있었다."

그렇다고 해서 지금 당장 명상을 하거나 철학자들의 말을 찾아봐야 하는 건 아닙니다. 올바른 행동과 올바른 태도를 취하는 일, 바로 이것부터 시작해야 한다는 것이지요.

삶에 기대하지 말고
삶이 기대하는 것을 찾아라

살아야 할 의미를 처음부터 알고 있다면 얼마나 좋을까요? 하지만 거의 모든 사람은 남들 사는대로 열심히 살다가 어느 순간 이런 의문에 휩싸인다는 것이 문제입니다. "내가 왜 사는지 모르겠어"라고요. 그러나 정호승 시인이 '내게 술 한 잔도 사주지 않는 삶'이라 이야기한 것처럼 인생이 나에게 무엇을 해 주어야 할 이유는 처음부터 없습니다. 그러니 삶에 무엇을 기대하지 말고 오히려 삶이 우리에게 기대하는 것이 무엇인가를 찾아야 한다는 것이지요.

나치가 패하여 강제수용소 문이 열리고도 수감자들 앞에는 생사의 갈림길이 펼쳐집니다. 살려고 올라탄 트럭이 죽음의 화로 속으로 들어갔고, 내팽개쳐진 자들은 활짝 열린 수용소 문을 비척비척 걸어 나갔지요.

이 지독한 현실을 겪은 빅터 프랭클이 일상으로 돌아오기까지 결코 쉽지는 않았을 것입니다. 하지만 그는 수용소 시절, 너무나 버티기 어려울 때 미래에 대한 기대를 품었다고 말합니다.

"나는 생각을 다른 주제로 돌리기로 했다. 갑자기 나는 불이 환히 켜진 따뜻하고 쾌적한 강의실의 강단에 서 있었다. 앞에서 청중들이 푹신한 의자에 앉아 내 강의를 경청하고 있었다. 나는 강제 수용소에서의 심리 상태에 대한 강의를 하고 있었던 것이다! 그 순간 나를 짓누르던 모든 것들이 객관적으로 변하고, 일정한 거리를 둔 과학적인 관점에서 그것을 보고 설명할 수 있게 됐다. 이런 방법을 통해 나는 어느 정도 내가 처한 상황과 순간의 고통을 이기는 데 성공했고, 그것을 마치 과거에 이미 일어난 일처럼 관찰할 수 있었다."

스스로를 관찰 대상으로 삼아 수용소에서의 끔찍한 시간을 이겨낸 빅터 프랭클은 훗날 로고테라피(Logotherapy)를 창안합니다. 로고테라피는 환자가 삶의 의미와 직접 대면하고 그것을 향해 나아갈 수 있도록 도와주는 기법으로, '로고'는 의미를 뜻하는 그리스어 로고스입니다. 자신이 겪은 어마어마한 고통, 그리고 현재의 암울한 상태에도 불구하고 살아가야 할 의미를 찾아내는 일입니다.

수용소에서 동료 수감자들은 "내가 이렇게 끔찍한 상황에서 벗어날 수 있을까"를 물었지만 빅터 프랭클 자신은 "옆에서 사람이 죽어 나가는 이런 상황이 의미 있는 것일까"를 물었다고 합니다. 시련 속에서 의미를 찾는 일만이 자신을 살게 해 주었음을 체험했고, 훗날 자신에게 심리 치료를 받는 사람들에게도 긍정적인 효과를 끌어내었음이 책의 후반부에 이어집니다.

우리는 앞으로 어떤 삶을 살게 될까요? 아무도 모릅니다. 지금보다는 더 행복하고 즐거운 일만이 이어진다면 좋겠지요. 하지만 지금까지 인생이 내 편이었던 적은 별로 없었으니 갑자기 우호적으로 변할 확률은 매우 적다고 봐야겠지요.

중요한 건 죽음의 수용소에서 살아남은 빅터 프랭클의 조언처럼 넘어서기 힘든 시련이 찾아올 때면 섣불리 자포자기하지 않고, 인생이 내게 무엇을 기대해서 이런 시련을 안겨 주었는지를 생각하는 것입니다. 그러면 내 현실에서 한 발짝 떨어져 냉정하게 관찰할 수 있을 테고, 아무리 힘들어도 내 고유한 존엄을 함부로 훼손하지 않을 테니까 말입니다. 그렇게 살다 보면 혹시 아나요? 언제고 인생이 우리에게 "고생했다"라며 술 한 잔 사줄 날이 오게 될지요.

 함께 읽으면 좋은 책

◆ 프리모 레비, 이현경 옮김, 《이것이 인간인가》, 돌베개
◆ 베르톨트 브레히트, 박찬일 옮김, 《서정시를 쓰기 힘든 시대》, 민음사
◆ 노라 크루크, 권진아 옮김, 《나는 독일인입니다》, 엘리

우리 삶은 숨결,
죽음은 바람

폴 칼라니티 《숨결이 바람 될 때》

죽음에 압도당하지 않고 삶이 무엇인지 찾으려 하는 자, 바람이 한때 삶에 충실하고자 노력했던 그의 숨결이었음을 알게 될 것입니다.

본문 194쪽 중에서

┃이 책을 선정한 이유┃

《숨결이 바람 될 때》는 삶과 죽음의 경계를 마주한 한 신경외과 의사의 내적 성찰을 담고 있다. 저자인 폴 칼라니티는 의사로서, 또 자신의 죽음을 앞둔 환자로서 삶이 무엇이고 죽음은 무엇인지 치열하게 묻는다. 이 책을 선정한 이유는 한 인간이 자신의 한계를 온전히 받아들이는 과정에서 보여 준 용기와 고귀함, 그리고 삶의 진정한 가치를 찾아가는 여정을 담아냈기 때문이다. 삶과 죽음이라는 보편적 주제를 다루면서도, 개인적인 경험을 통해 그것을 구체적으로 풀어낸 점이 특별하다.

푸른색 얇은 가운을 입고 차가운 진찰대에 누운 환자가 의사에게 자신의 증상을 설명합니다. 이 환자가 바로 저자인 35세의 폴 칼라니티입니다. 스탠퍼드 대학병원에서 신경외과 의사로 명성을 날리고, 미국 신경외과 학회에서 수여하는 최우수 연구상을 수상하였으며, 여러 대학에서 교수 자리를 제안받아 행복한 고민에 빠져 있어야 할 사람입니다.

하지만 그의 몸에 불길한 현상이 찾아왔고, 의사 가운이 아닌 환자 가운을 입고 진찰을 받게 됩니다. 원인을 알 수 없이 체중이 줄어들었고 허리가 아파서 견딜 수가 없었지요. 전문가들은 이 이야기만 들어도 어느 정도 진단을 내리게 된다고 합니다. 역시 진단 결과는 폐암으로, 수술로 해결할 수 있는 시기는 이미 지났습니다. 폴은 지독한 혼돈에 빠져듭니다. 의사이기 때문에 더 혼란스러웠을 수도 있습니다. 언제나 환자에게 통증이 어떻게 언제 찾아올 것이라고 일러 주어 왔었는데, 정작 그 통증이 자신 몸에 찾아올 때 어떤 강도이고 어떤 느낌인지를 자각하지 못했기 때문입니다. 무엇보다 인생의 절정에서 모든 것을 다 내려놓아야 하는 처지가 되었습니다.

사람의 생명을 다루는 의사 폴 칼라니티는 수없이 많은 환자들에게 내리던 진단이 자신에게 내려졌음을 인정하고, 의사에서 환자로 완전히 다른 인생을 살아갑니다. 그리고 투병생활에 들어간 1년여의 일상을 기록합니다. 이 책 《숨결이 바람 될 때》는 그렇게 세상에 남겨진 그의 첫 번째 책이자 유작입니다.

애초 그는 스탠퍼드 대학에서 영문학과 생물학을 공부했고 영문학 석사학위를 받습니다. 집안에서는 은근히 의사가 되기를 권하고 있었지만 그는 내키지 않았습니다. 그 이유는 의사인 아버지가 노상 집에서는 부재 중이었고, 늘 새벽에 출근하고 밤늦게 돌아와 식은 음식을 데워 먹고 잠자리에 드는 모습을 보고 자랐기 때문입니다. 의사가 이렇게 살아가는 사람이라면 자신은 결코 의사는 되지 않으리라 결심했지요.

대신 폴은 문학 속으로 깊숙하게 들어갔습니다. 어머니가 마련한 독서 목록의 책을 하나씩 섭렵해가고 형이 읽은 책을 받아 읽으며 독서의 지평을 넓혔지요. 문학에서 시작한 인간과 세계를 향한 그의 호기심은 끝없이 뻗어나갔고, 월트 휘트먼의 작품을 연구해서 석사 학위 논문을 완성합니다. 그런데 이 모든 일련의 과정 속에서 그가 내려놓지 못한 질문은 '생물학, 도덕, 문학, 철학이 교차하는 곳은 어디인가?'였습니다.

어느 날, 축구를 하고서 돌아오는 길에 부드럽게 그의 몸을 어루만지는 가을바람을 따라 이런저런 생각을 하던 중에 어떤 음성이 들렸다고 합니다. 그 또렷한 음성은 또렷하게 이렇게 말했습니다. 읽던 책들을 다 치워버리고 의학공부에 매진하라는 것이었죠. 이 음성 하나가 들린 순간 폴에게는 모든 것이 분명해졌습니다. 그는 의사가 되기로 결심합니다.

그렇게 폴은 의학도가 됩니다. 책 전반부는 어린시절부터 문학에 탐닉하고 온세상을 가득 채운 아름답고 진지한 문장을 음미하면서도 인간에 대한 궁금증을 간직하다가, 이후 의학도가되고서 누구보다 열정적으로 자신의 일에 임했던 시절이 그려집니다.

이삼십대 청춘이라는 이름 하나만으로도 아름답고 눈부신 시절에 진지하게 인간을 탐구하면서, 현실적으로도 남들이 인정하는 업적을 쌓고 있었습니다. 그의 관심사는 차갑기만 한 의술이 아니라 따뜻한 피가 도는 의술이었고, 생명의 처음과 끝을, 그리고 생명의 바탕을 이해하려는 마음가짐이 책을 통해 절절하게 전해집니다.

성공의 정점에서
주저앉다

서른여섯 살의 신경외과 레지던트 7년 차인 폴은 스탠퍼드 대학 병원에서 장래 최고 의사로 손꼽히며 여러 대학에서 교수 자리를 제안받습니다. '정상에 올랐다'라고 말할 정도로 성공을 향한 스펙을 쌓아가던 중이었습니다.

그런데 언제부터인가 지독한 요통이 찾아왔고, 폐암 말기라는 진단을 받습니다. 이후의 삶은 이전과는 완전히 다르게 펼쳐집니다. 그가 의사로서 숱한 환자들에게 했던 말들이 이제는 자신에게 고스란히 적용된다는 점입니다. 죽음을 의사와 환자 둘 다의 입장에서 보기 시작한 것이지요.

의학적으로 자신의 병을 들여다보는 일은 차라리 쉽습니다. 그러나 환자가 된 자신에게 더 급선무로 다가온 것은 아내와의 사이에서 아기를 가져도 될지, 자신이 몇 년 동안 아기가 자라나는 것을 보게 될지, 의사로서의 경력을 계속 이어가도 될지, 병이 기적적으로 나으면 미래를 향해 어떤 야망을 품어도 될지… 이런 것들에 대한 해답은 아무도 들려줄 수 없다는 것이 현실로 다가왔습니다.

폴은 충실하게 약물치료에 임합니다. 그리고 아내와는 체외수정을 통해 아기를 갖기로 합니다. 아내는 임신했고 그는 기적적으로 회복됩니다. 비록 인생이 크게 흔들렸고 나락으로 떨어졌지만 "나는 계속 나아갈 수 없어, 그래도 계속 나아갈 거야(I can't go on, I'll go on)"라는 사무엘 베케트의 말처럼 그는 다시 의사로서 수술실로 되돌아가기로 합니다.

약 11년간 병원에 몸담는 동안 그토록 고통을 말했으면서도 그 구체적인 느낌을 알지 못했고, 여러 환자의 생사를 다루었으면서도 자신의 죽음을 대면하는 일이 이토록 혼란스러운 줄 몰랐음을 뼈저리게 느끼며 병원으로 돌아간 그는 이번에는 환자의 병상이 아닌 수술실의 외과의로 복직합니다.

몸이 완전히 회복되지 않아서 힘들었지만, 예전의 일상으로 돌아가는 것은 시간문제였습니다. 레지던트 생활을 끝내려는 마음에 늦은 밤이나 이른 아침까지 수술을 했습니다. 몸이 따라주지 않았지만 이겨냈습니다. 신경외과 레지던트로서 그는 최고 정점에 도달해 있었고, 신경외과의뿐만 아니라 외과의를 겸한 과학자가 되려는 그의 야망은 손에 잡힐 만한 거리까지 좁혀졌습니다. 그러나 운명은 그의 편이 아니었습니다. 아니, 이런 비극이 그의 운명이었을까요? 수술실로 복귀한 지 7개월이 지난 어느 날, 폴은 자신의 CT촬영 결과를 보고 이 모든 일을 멈추기로 합니다.

그토록 마주치고 싶지 않았던 바로 그것, 커다란 종양이 우중엽을 채우고 있는 광경을 보게 된 것입니다. 설마하던 일은 현실이 되었고, 이제 폴은 자신에게 닥친 새로운 비극을 받아들이고 익숙해지고 어떻게 해서든 처리해야 할 운명에 놓였습니다.

다음 날 아침 일찍 병원에 출근해서 그날 해야 할 일을 온전하게 다 소화한 폴은 의사 가운을 벗고 다시 환자로 돌아갑니다. 서른여섯 살 남자에게 이런 일은 어떤 느낌일까요? 사랑하는 아내, 머지않아 태어날 아기, 그토록 꿈꿨던 직업의 성공… 그 문지방을 막 넘어서려는 찰나에 다시 한번 거부당하고 만 것입니다.

그는 다시 약물치료에 들어가지만 쇠약해질 대로 쇠약해진 몸은 어떤 약도 받아들이지 못합니다. 일련의 상황이 무엇을 의미하는지 폴은 누구보다 잘 알고 있을 테지요. 그 사이에 태어난 아기 케이티만이 생기를 불어넣어 줄 뿐입니다. 그는 어린 딸이 자기 얼굴을 기억할 수 있을 때까지만 살고 싶다고 말합니다. 하지만 그조차도 욕심입니다.

이제 생명이 다한 사람이 있고, 그 사람은 이제 막 삶을 시작하는 한 생명을 세상에 내놓았습니다. 자신의 운명에 계속 슬퍼하기에는 하루하루 자라나는 어린 생명이 주는 기쁨이 너무나 컸습니다. 폴은 책의 후반부에 이르러 어린 딸을 향한 간절한 소망을 적어 넣습니다. 네가 있어서 아빠로서 기뻤고 그것으로 만족했노라는 마음입니다.

그 마음, 무엇일까요? 짐작도 하지 못하겠습니다. 앞으로 자신에게는 오지 않을 미래의 시간을 내어주는 심정 말입니다. 하지만 이것으로 멈춰야 합니다.

죽음에
압도당하지 않는 법

폴은 책을 마무리 짓지 못하고 2015년 3월 9일 세상을 떠납니다. 그의 아내 루시에 따르면, 폴은 훗날의 독자들이 잠깐 자신의 입장이 되어 보고서 '그런 처지가 되면 이런 기분이구나…. 조만간 나도 저런 입장이 되겠지'라는 정도만 느껴도 자신이 글을 쓴 목적은 이루었다고 생각한다고 말했습니다.

죽음을 눈 앞에 둔 그는 '우리의 길 앞에 놓여 있는 것이 무엇인지 보여 주고 싶을 뿐'이라 했습니다. 자신의 운명 앞에서 그가 할 수 있는 일은 그날 하루를 자신답게 사는 것이었습니다. 책을 읽으면서 의사로서의 복귀가 너무 성급한 것 아닌가 하는 아쉬움이 솟구쳤지만 그렇게 하지 않는 게 오히려 폴답지 않은 처사입니다.

그는 그렇게 자기 인생을 자기 방식으로 살아갔고, 지상에서 보통 사람들이 풀어나가듯 인생을 풀어갔습니다. 평소에는 자신의 의지대로 선택한 길을 걸어갔지만, 암이 재발하자 운명이라는 무거운 힘을 절감했지요.

하지만 당장 죽을 것처럼 겁에 질려 움츠리지 않았고, 만약이라는 덧없는 희망에 숨지도 않았습니다. 암 진단을 받은 날 소리 내어 울었고, 태어난 아기를 안고 책을 읽어주었습니다. 자신에게 한 걸음 한 걸음씩 다가오는 죽음을 바라보면서 그는 지금 숨을 쉬고 있는 순간에 목적과 의미를 가득 담았습니다.

죽음에 압도당하지 않고 삶이 무엇인지 찾으려 하는 자, 바람이 한때 삶에 충실하고자 노력했던 그의 숨결이었음을 알게 될 것입니다. 지상에서 바람이 부는 한, 숨결 또한 영원하겠지요.

 함께 읽으면 좋은 책

◆ 엘리자베스 퀴블러 로스, 이진 옮김, 《죽음과 죽어감》, 청미
◆ 폴린 첸, 박완범 옮김, 《나도 이별이 서툴다》, 에이도스
◆ 리나 구스타브손, 장혜경 옮김, 《아무도 존중하지 않는 동물들에 관하여》, 갈매나무

5장

인생의
우아함을 한층
끌어올리려면

인간다운 삶을 살게 할 책들

사람이 사람에게
건네는 가장 큰 마음

양귀자 《원미동 사람들》

누군가가 자세히 보지 않는 한은 그들도 짐뭉치 중의 하나로 보일 것이었다. 설령 자세히 들여다본다 해도 그들은 역시 사람이란 이름의 남루한 덩어리 외에 아무 것도 아닐 것이다.

양귀자, 《원미동 사람들》, 쓰다, 2012(개정판)

▌이 책을 선정한 이유 ▌

양귀자의 연작 소설집 《원미동 사람들》은 1980년대 부천시 원미동을 배경으로 소시민들의 삶을 사실적으로 그려낸 작품이다. 총 11편의 단편으로 구성된 이 책은 각 이야기들이 독립적이면서도 원미동이라는 공간을 중심으로 유기적으로 연결되어 있다. 도시 변두리에서 살아가는 사람들의 애환과 현실을 생생하게 묘사하며, 당시 한국 사회의 단면을 깊이 있게 보여 주는 작품이다. 1987년 출간 이후 꾸준히 사랑받으며, 한국 현대문학의 중요한 작품으로 평가받고 있다.

멀 원(遠)에 아름다울 미(美) 멀리서 보아야 아름답다는 뜻입니다. 경기도 부천시 원미동에는 이런 뜻이 담겨 있습니다. 멀리서 보아야 아름답다 하여 '멀뫼'라 불리던 원미산이 두르고 있는 치맛자락처럼, 원미동에는 사람들이 제각각의 사연을 가지고 살림을 풀어놓고 살고 있습니다.

1980년대 중반, 1986년 아시안 게임과 2년 뒤 1988년 서울 올림픽까지 앞둔 대한민국이 기묘한 흥분에 사로잡혀 있던 시절입니다. 잔치를 앞두고 설렘과 떨림이 엄청난 자극으로 이 나라 사람들 세포까지 흔들던 그 시절 사람들은 이럴 때 한탕 하지 않으면 언제 한밑천 마련하겠냐며 달리는 호랑이 어깨 위에 올라앉은 듯 호기롭기도 하고 위태롭기도 했습니다.

은혜네 네 식구는 서울특별시 시민이기를 포기하고 이삿짐을 용달차에 실어 원미동 주민으로 살러 옵니다. 주부가 세간살이 하나하나를 신문지에 싸고 포개고, 가장인 남편이 집안에 힘 좀 쓸만한 사내들을 불러 장롱이며 가전제품을 들어내고 들어앉히는 이사를 하던 시절, 가족 모두가 땀을 뚝뚝 흘리며 그동안 살아온 살림살이를 다 그러모은 뒤 이삿짐 용달차에 눈치껏 끼어 앉아 새로 살 동네로 달려갑니다.

용달차 조수석에는 이미 이삿짐센터 인부가 한 자리 차지했고, 남은 한 자리는 어린 손녀를 안은 노모의 몫입니다. 아직 젊디젊은 부부는 용달차 뒤 이삿짐 틈 사이에 몸을 숨기고서 달려갑니다. 만삭인 며느리가 안쓰러워 시어머니는 자꾸 뒤를 돌아보지만, 그렇다고 늙은 어머니를 트럭 짐칸에 태울 수는 없는 노릇입니다. 그 사이에서 이러지도 저러지도 못하는 남편만 속이 까맣게 타들어갑니다.

그러잖아도 추운 날씨라 한시라도 빨리 도착하고 싶지만 서울은 넓고도 넓어 아무리 달려도 여전히 서울입니다. 트럭 짐칸에 올라 눈앞에 펼쳐지는 서울의 파노라마를 바라보며 젊은 가장은 자괴감에 빠져듭니다.

"아직도 서울인가. 번잡하게 오가는 서울 시내버스를 바라보며 그는 서울의 광활함에 질려 버린다. 그 넓은 서울특별시의 어디에도 붙박여 있지 못한 자신의 삶을 되씹어보고 싶지는 않았다.(…) 그렇게 수도 없이 이사를 다니며 얻은 결론은 한 가지. 집이 없으면 희망도 없다는 사실이었다. 희망이란, 특히 서울에서 살고 있는 이들에게 희망이란 집과 같은 뜻이었다. 이제 그 희망을 갖기 위해 서울에서 떠나게 되었다."

서울특별시에서 살림을 시작할 때도 갓 시집온 아내의 열 자짜리 장롱이 들어갈 만한 집을 구하지 못했지요. 장롱은 나뉘고

쪼개져서 이사 다닐 때마다 흠집이 났는데, 그래도 이번 집에서는 제대로 짝을 맞춰 안방에 조로록 들어앉힐 수 있으려나 모르겠습니다.

양귀자의 《원미동 사람들》은 가난한 네 식구가 이사하는 풍경으로 시작하는 연작소설입니다. '영끌'이란 말은 아직 없던 시절, 더러는 "그 시절은 무얼 하든지 어떻게 해서든지 집 한 칸은 마련할 수 있어 좋았지 않았느냐"라고 말할지도 모르겠습니다. 하지만 기실 그 개발과 소유와 선점의 탐욕스런 전쟁에서 전리품을 챙기지 못한 사람들이 훨씬 더 많았지요. 인간의 역사가 펼쳐지는 지구 위 어느 곳에서나 그랬던 것처럼 말입니다.

서울에서 밀려났지만, 다시 서울로 돌아가는 꿈을 품고 사는 원미동 사람들 중에는 언제나 사람이 많은 지하철 1호선을 타고 서울특별시로 출근하는 평범한 가장 한 사람도 등장합니다. 토요일까지 근무를 하던 시절, 자가용은 성공한 사람이 보란 듯이 뻐기며 끌고 다니는 과시용 재산이라 여겨졌습니다. 그때 원미동 사람들은 버스를 타고 부천역으로 와서 콩나물 시루같은 지하철 1호선을 타고 직장으로 학교로 매일 오갔습니다.

지하철 속에서 가느다란 콩나물 한 줄기가 되어 눌리고 채이고 밟히며 버둥거리다 숨통이 죄어질지도 모르겠다는 공포에 휩싸인 이 가장은 지하철을 폭파시켜 버리겠다고 외쳤습니다. 그

비명인지 절규인지 모를 외침에 사람들 사이에 틈이 생기고 그러고도 지하철에서 빠져나오지 못한 채 부천역에 닿아서야 내릴 수 있었지요.

"이윽고 차가 부천에 닿았다. 거친 노도처럼, 흡사 거대한 해일처럼 사람의 물결이 출입구로 휩쓸렸다. 그도 물결에 휩싸였다. 그리고 곧 익명이 되었다. 아무도 그를 눈여겨보지 않았고 그는 바깥으로 빠져나왔다."

이 젊은 가장에게 유일한 숨길은 원미산으로 들어가는 숲길입니다. 그곳에 가면 숨이 쉬어지고 눈앞이 탁 트이며 사지를 편안히 늘어뜨리고 쉴 수 있기 때문입니다. 송곳 꽂을 틈도 없이 사람들로 빽빽한 공간에서 지내다 보니 처음에는 집 근처 원미산조차도 달갑지 않았습니다. 숲내음이 그저 비릿하기만 할 뿐이었습니다. 그런 그에게 무슨 일이 일어났던 걸까요?

"이상한 일이었다. 어느 날 저녁 열려진 창으로 쏟아져 들어오는 아카시아 꽃 내음이 하도 좋아서 찾게 된 산이었다.(…) 오래지 않아 산에서 풍겨오는 냄새가 아침 다르고 저녁 다르다는 사실을 알게 되었다. 냄새뿐만이 아니라 빛깔도 시각마다 변했다. 숲에서 피어나는 아침 안개에 부딪혀 파르르 떨고 있는 잎사귀들의 투명한 소리도 오후가 되면 살랑이는 숨결로 바뀌었다. 산이 보여 주는 백 가지 천 가지의 얼굴은 매번 그를 사로잡았다."

그렇게 원미산을 찾기 시작했고, 며칠씩 회사를 무단으로 빠지면서까지 원미산으로 들어가기도 합니다. 등산이라는 말이 있지요. 하지만 이 남자는 산에 오르는 것이 아니라 산으로 들어갑니다. 숲길을 따라 푹신한 낙엽을 밟고 이슬과 향기에 몸을 적시면서 한 걸음씩 한 걸음씩 들어가면 숨을 쉴 수가 있었습니다. 처음에는 잠시 다녀오고, 그러다 이따금 이른 아침에 들어가고, 저녁 나절에 들어가서 노을 속에서 쉬다가 그대로 산에서 잠들기도 합니다.

집과 회사와 산을 오가던 남자는 어느 사이 종일 그렇게 산속에서 산속으로 거닐게 됐습니다. 그의 아내는 남편의 행방을 좇느라 반쯤 정신줄을 놓았습니다. 어떻게든 다시 가장의 자리에 앉혀놔야 마땅하거든요. 그래야 먹고 살지요. 아, 먹고 산다는 그 말이 정말 징합니다. 먹고 살아야 하느라 그만 살지 못하게 되는 것이 현실입니다.

산에서 숨통이 트이고 나서야 남자는 옹기종기 엎드린 원미동 사람들의 모습이 눈에 들어오고 산속 텐트에서 울리는 기타 소리도 아름답게 들리기 시작합니다. 그의 쉼터를 무단으로 점령한 들쥐 한 마리와 가만히 눈싸움을 벌이다 져주기도 하면서 그제야 홀로인 것이 외로워졌고, 딸아이에게 피아노를 사줘야 한다는 사명도 떠올렸으며, 또다시 밤이 찾아와 버린 것을 믿을 수 없어서 숲 가운데 홀로 남아 흐느껴 울기도 합니다.

하지만 다시 일상으로 돌아가지 못합니다. 결국 남자는 산속에서 자취를 감췄고, 이제나저제나 돌아오기만을 기다리던 아내와 아이도 이사를 가버리고 맙니다. 〈한 마리의 나그네 쥐〉라는 제목의 이 작품은 연작소설 《원미동 사람들》 속에서 가장 마음 아픈 이야기입니다.

멀리서 보면 아름다운 서민의 삶

몇 년 전까지만 하더라도 공황장애니 폐소공포증이니 하는 말은 서양 심리학자의 책 속에나 둥둥 떠다니는 구름 같은 용어였습니다. 서울특별시를 향해 아침저녁으로 혼잡한 지하철을 타고 다녀야 하는 이 나라 사람들은 "사는 게 왜 이리 힘들지?" 하는 푸념과 "답답해서 미치겠어"라는 소심한 하소연만 해도 "유난 떨지 마라", "너만 그러냐", "다 그러고 산다", "언젠가 볕들 날이 올 거다"라는 위로도 아니고 협박도 아닌 말을 듣고 삽니다.

《원미동 사람들》은 제목 그대로 사람 이야기입니다. 살던 대로 살려는 사람, 좀 더 나아지려고 발돋움하려는 사람, 그러다 주저앉은 사람, 그 속에서도 완장을 찬 듯 뻗대지만 알고 보면 내 사정보다 조금도 나을 게 없는 사람, 같은 업종의 가게를 차려서 죽기 살기로 가격 할인 경쟁을 해대는 사람, 화장실이 없는 지하방에서 무척 곤란해 하는 사람….

그악스레 살아야 보란 듯 어깨를 펼 수 있겠지만, 원미동 사람들의 그악스러움을 작가의 시선을 따라 멀리서 바라보자니 아름답게도 보입니다. 멀리서 보면 다 이쁘고 아름다운데 그렇게 악착스레 살지 않으면 살아낼 수 없는 현실이 얄궂기만 합니다.

1980년대 부천시 원미동 사람들만의 고단한 삶은 아닐 겁니다. 오직 인서울을 꿈꾸며 지하철 1호선 끝자락에 꾸린 보금자리는 '임시'일 뿐인 21세기의 사람들 사정도 매한가지입니다. 서민을 위한다며 지하철 노선은 계속 연장되는데 덩달아 집값도 미친 듯이 오릅니다. 이런 가운데 원미산에서 자취를 감춘 남자처럼 될 수도 없는 노릇입니다.

살아내야 한다며 몸부림치느라 지쳐버린 나는 누군가의 눈에는 남루한 덩어리로만 비칠 것입니다. 하지만 그건 알아야지요. 똑같이 지친 저 사람도 비록 나만큼 남루한 덩어리일 뿐이겠으나, 볼품없다 하여 외면하지는 말아야 한다는 사실을 말이지요.

고단하고 피로한 땀 냄새를 풍기더라도 살아내느라 애쓴 나머지 몸속 진액이 비어져 나온 증거이니 외면해서는 안 될 일입니다.

퇴근길 지하철 1호선에 용케 자리가 나서 앉았습니다. 한참을 가는데 한쪽 어깨가 무거워집니다. 혼곤히 잠에 빠진 옆자리 승객이 몸을 기대왔습니다. 어깨를 들썩이려다 가만 기다려 봅니다. 그의 노곤함이 애잔한데 아름답게 느껴집니다. 언젠가 누군가의 어깨에 내 무게를 온전히 싣고는 잠시 잠에 빠져든 적이 있었습니다. 제법 긴 시간을 그 낯선 옆자리 승객은 기다려 주었지요. 그게 참 고마웠습니다.

배려라는 단어는 상대방을 나의 동반자(配)처럼 여긴다(慮)는 뜻입니다. 사람이 사람에게 품을 수 있는 가장 큰 마음이 배려라고 생각합니다. 내 마음을 미루어서 네 마음을 헤아리고, '안다, 안다.'라며 어깨를 내어주고 기다려주는 일, 각박한 세상에 그나마 인간다움을 지키는 길이 아닐런지요.

 함께 읽으면 좋은 책

◆ 제임스 조이스, 이종일 옮김, 《더블린 사람들》, 민음사
◆ 이문구, 《관촌수필》, 문학과지성사
◆ 조세희, 《난장이가 쏘아올린 작은 공》, 이성과힘

획일적인 안락보다 다채로운 고통이 낫다

올더스 헉슬리 《멋진 신세계》

하지만 난 안락함을 원하지 않습니다. 나는 신을 원하고, 시를 원하고 참된 위험을 원하고, 자유를 원하고, 그리고 선을 원합니다. 나는 죄악을 원합니다.

올더스 헉슬리, 안정효 옮김, 《멋진 신세계》, 소담출판사, 2015

❙ 이 책을 선정한 이유 ❙

1932년에 발표된 올더스 헉슬리의 《멋진 신세계》는 조지 오웰의 《1984》, 예브게니 자먀틴의 《우리들》과 함께 3대 디스토피아 소설로 꼽힌다. 과학 기술이 극도로 발달한 미래 사회에서 인간의 존엄성과 자유가 통제되는 세계를 그려내며, 기계 문명의 발달과 전체주의의 위험성을 경고한다. 서울대학교 권장도서이며, 미국의 여러 대학에서도 필수 교재로 사용되는 등 현대 사회의 문제점을 이해하는 데 중요한 작품으로 여겨진다.

오늘날 우리는 디지털 기기와 기술의 편리함 속에서 살아갑니다. 클릭 한 번으로 물건을 사고, 온라인으로 사람들과 소통하며 정보를 나누지만, 깊이 있는 만남과 진술한 대화는 점점 희귀해지고 있습니다. 빠르게 변화하는 일상 속에서 우리의 감정은 순간적인 반응과 얕은 소통 속에 묻히곤 합니다.

기술이 발달할수록 '인간적인 삶을 어떻게 지켜낼 것인가' 하는 문제는 중요한 과제로 다루어질 수밖에 없습니다. 변화하는 세상 속에서 진정한 소통과 깊은 교감을 지속하기 위한 새로운 방안을 모색해야 할 시점인 현재, 1932년 영국 작가 올더스 헉슬리의 소설 《멋진 신세계》를 펼쳤습니다. 《멋진 신세계》는 셰익스피어의 작품 《템페스트》에 나오는 'Brave New World'라는 구절에서 가져온 제목입니다. 작가가 펼쳐 보인 멋진 신세계는 어떤 모습일까요?

때는 A. F. 632년, A. F.라는 연도는 After Ford, 즉 미국의 자동차왕 헨리 포드가 포드 모델 T를 생산한 해를 그 시작으로 삼습니다. 자동차 포드 모델 T는 부유층만이 아니라 미국의 평범한 노동자도 소유할 수 있는 이른바 국민 자동차였습니다. 그러려면 무엇보다 값이 싸야 하는데, 포드는 이 문제를 컨베이어벨트 시스템과 단일모델, 그리고 검은 색으로 색상을 통일하는 등 여러 가지 아이디어로 해결했고 그 결과 누구든 자동차를 갖게 되었지요.

올더스 헉슬리의 《멋진 신세계》에서는 "오 마이 갓!" 대신 "오 마이 포드님!"이란 탄식이 수없이 쏟아지고, 곳곳에 T 자가 멋진 신세계를 상징하는 조형물로 등장합니다. T 자는 십자가에서 윗부분이 잘려 나간 모양입니다. 소설 첫머리에 나오는 인간의 정자와 난자가 배양되고 성숙되는 과정은 자동차 부품 공장의 컨베이어 벨트에서 자동차 조립이 이뤄지는 것과 똑같습니다. 획일적이고 효율적이고 누구나 평등하게 자신에게 주어진 환경 안에서 즐거움을 누리며 살아가는 세상, 이곳이 바로 '멋진 신세계'입니다. 그리고 소설 속에서 이곳은 런던입니다.

이 멋진 신세계를 조금 더 들여다봅시다. 거친 자연에서 비바람과 태양에 노출되지 않으니 늙지 않고, 나이 들어도 팽팽하고 관능적인 외모를 유지합니다. 힘든 노동은 기계가 알아서 다 해주고, 슬픔이며 불안 같은 부정적인 감정은 '소마'라는 약물을 마시면 즉시 해소됩니다. 지루하면 극장에서 오감으로 생생하게 체험할 수 있는 영화를 봅니다. 종교와 문학, 철학같은 것은 사라진 지 오래입니다.

냉난방이 자동으로 조절되어 추위와 더위를 모르고, 옥상의 헬리콥터 택시를 이용하면 아무리 먼 거리라도 금방 다녀올 수 있습니다. 어디든 청결함이 유지되고, 어느 곳에나 천연 향과 거의 똑같은 인공 향이 뿌려져 있어서 굳이 자연으로 나가서 향기를 맡을 필요가 없습니다. 헉슬리가 소설에서 그린 '멋진 신세계, 런던'의 풍경입니다. 지금 현재 우리가 누리고 있는 아주 많은 것이 그 당시에는 상상 속에서나 이뤄지는 일들이었다는 사실이 놀랍기만 합니다.

멋진 신세계에서는 한 남자와 한 여자가 만나 사랑하고 결혼해서 가정을 이루고 열 달의 임신 과정을 거쳐 힘든 출산을 겪고 애지중지 자식을 길러내는 일은 일절 없습니다. 정자와 난자를 추출해서 실험실의 인공부화기에서 원하는 대로 맞춤형으로 생산해 냅니다. 원하는 대로 체형과 성격을 만들어 내고, 그래서 계획대로 근사하게 태어난 사람 순서로 알파, 베타, 감마, 델타, 엡실론이라는 구별을 짓습니다.

다섯 등급으로 나뉜 사람들은 서로 섞이지 않습니다. 처음부터 자신의 범주를 학습했기 때문에 차별을 받아 억울하다느니 하는 생각도 일어나지 않습니다. 부모라는 개념은 처음부터 없습니다. 그래서 이 멋진 신세계에서 가장 놀림을 받는 단어는 어머니, 아버지입니다. 혐오감을 불러일으키기까지 합니다.

"그리고 가정이란 육체적으로뿐 아니라 심리·정신적으로 더할 나위 없이 추악한 곳이었다. 정신적으로 볼 때 가정은 비좁아 붐비는 생활의 마찰로 숨이 막히고, 감정이 악취를 뿜는 토끼 굴이요, 누추하기 짝이 없는 곳이었다. 집안 식구들 사이의 관계란 얼마나 답답할 정도로 밀착되었으며, 얼마나 위험하고, 음탕하고, 비정상적인 요소인가!"

소설에서는 남녀의 성관계를 자주 언급하고 있지만 사랑이라는 아름다운 감정이 개입하지는 않습니다. 욕정에 충실하고 그 욕망을 풀어내는 데에 지나지 않습니다. 수도 없이 다른 이성을 만나 관계를 맺는 것이 전혀 비난받을 일이 아닙니다. 대신 그것으로 끝이지 감정이 얽히는 일은 없습니다. 사람들은 홀로 지내지만 완벽하리만치 남들과 똑같은 표준의 생활을 하고 있지요.

이런 세상에서 첫 번째 주인공인 알파 인간 버나드는 좀 별종입니다. 그가 태아로서 인공부화실 병 속에 들어 있을 때 직원 실수로 알코올이 잘못 넣어지는 바람에 같은 알파 인간들에 비해 조금 떨어지는 체격을 갖게 되었습니다.

사람들은 버나드가 그저 키가 작다는 이유로 경멸합니다. 그로 인해 버나드는 자신이 살고 있는 문명 세계에 불만을 품고 있고, 사람들이 당연하게 여기는 것들을 따르지 않습니다. 그는 알파 여성들 가운데 가장 매력적인 레니나 크라운을 '사랑'합니다. 동료 남성들이 그를 성적 유희 대상으로 여기며 거리낌 없이 즐기는 가운데 그 혼자 레니나에 대한 사랑의 감정으로 괴로워합니다.

가장 대표적인 그의 반항적 행위는 소마를 먹지 않는다는 점입니다. 힘들거나 괴로운 상태를 인지하고 느껴 보겠다는 것이지요. 약을 통해서 황홀경을 느끼는 것도 거부합니다.

어느 날 버나드는 레니나와 함께 야만인 보호구역을 방문합니다. 이곳은 포드님이 지배하는 세상에 속하지 못한, 원시적인 삶의 방식을 유지하고 있는 야만인들의 구역입니다. 한 남자와 한 여자가 만나 부부관계를 하고, 자식을 낳고 기르고, 그래서 어머니가 있고 아버지가 있으며, 노동하고, 햇볕과 바람에 노출되며, 추위와 더위를 견디며 살아가는 세상입니다. 질투하고 폭력이 벌어지고 쓰레기가 뒹굴고 악취가 나는 곳이기도 합니다.

이곳에서 버나드는 뜻밖의 모자(母子)를 만납니다. 자신을 못마땅하게 여기고 있던 부화-습성 국장이 20년도 더 전에 몰래 버리고 온 린다와 그의 아들 존입니다. 국장은 알파 계급이었는데 베타 계급인 직원 린다를 임신시켰지요. 그들의 세계에서는 벌어져서는 안 될 남녀 개인의 정사인지라 임신한 린다를 야만인 보호구역에 버리고 온 것입니다.

린다는 그곳에서 아들 존을 낳았고, 모자는 온갖 차별과 멸시를 받으며 살고 있었습니다. 남편이 없는 린다는 보호구역 남성들의 성노리개가 되다 시피했고, 유부녀들의 질투를 샀으며, 폭행을 당했하고, 어린 존은 그런 엄마를 지켜보며 분노하고 맞서기도 하면서 어느 사이 청년이 되어버렸습니다. 린다는 자신은 읽지 않았지만 지니고 다니던 셰익스피어 작품을 존에게 주고 글을 깨치게 합니다.

린다는 아들 존에게 문명 세계 이야기를 자주 들려주었고, 모자는 늘 그곳을 동경했습니다. 그러던 차에 버나드를 만났고 함께 런던으로 가자고 제안받았을 때 존은 흥분했지요.

> "'오, 멋진 신세계여.' 존이 같은 말을 되풀이했다. '오, 그런 사람들
> 이 사는 멋진 신세계여, 우리 당장 출발합시다.'"

문명 세계는 이들 모자의 출현에 경악하면서도 초유의 흥미를 보였습니다. 알파 플러스 계급이면서도 키가 작고 말랐다는 이유로 사람들의 경멸을 받던 버나드는 이들 모자를 데려옴으로써 순식간에 주목받게 됩니다. 버나드는 그동안 받았던 서러움과 멸시를 단번에 날려버리고 보란 듯이 자신에게 주어지는 새로운 권력에 취해버립니다. 획일화된 문명 세계에 저항하고 거부하던 버나드는 알고 보니 그 누구보다 더 지독하게 알파 플러스의 특권을 누리고 싶어 한 인물이었지요. 소설의 첫 번째 주인공은 이

렇게 씁쓸하게 독자들을 배신합니다.

절망과 죽음을
구경거리로 소비하는 사람들

런던으로 돌아온 린다는 그토록 갈망했던 소마를 원 없이 먹을 수 있게 되었습니다. 그런데 소설의 또 한 사람의 주인공으로 등장하는 존은 달랐습니다. 이 멋진 신세계에 사는 사람들 중 셰익스피어를 읽은 사람은 없었습니다. 셰익스피어를 읽으며 정서를 키워 온 존과는 사뭇 다른 모습이었지요. 셰익스피어의 작품 속에 등장하는 인간적인 감정은 이들에게 경멸만을 불러일으켰습니다.

은근히 짝사랑해 온 레니나와도 사랑을 키울 수가 없습니다. 어머니와 야만인 남성들의 문란한 성관계에 커다란 상처를 입고 자란 존에게 레니나 식 사랑은 음탕한 죄악에 지나지 않았기 때문입니다. 어머니 린다가 약물에 취해 병원에서 숨졌을 때 존은 분노합니다. 한 인간의 죽음을 두고서 보이는 사람들의 태도 때문입니다. 멋진 신세계 사람들은 죽음을 구경거리로만 학습할 뿐이었지요.

그 뒤로 존은 자신이 무엇인가를 해야 한다는 의무감에 사로잡힙니다. 날마다 소마를 배급받으려고 줄지어 서 있는 사람들을 바라보며 그들에게 소마 없는 진정한 자유를 안겨 주어야겠다는 결심을 합니다. 하지만 수백 년 전부터 이런 체제에 길들었고 끝없이 학습되고 세뇌되어 온 사람들이 그런 자유를 진정 자유라 생각할까요? 그는 오히려 비웃음을 삽니다.

존은 결국 홀로 이 멋진 신세계 런던을 떠나 외딴 바닷가 등대 근처로 이주합니다. 그곳에서 이른바 문명을 등지고 자연 속에서 제 손으로 일하고 노동하며 살아갑니다. 그리고 지금까지 그가 보고 겪었던 모든 일에 역겨움을 느끼며 깊이 참회하는 뜻에서 자신의 몸을 채찍으로 때리기 시작합니다. 그런데 이런 모습이 문명인들 눈에 띄었고, 그의 진지한 일상은 구경거리로 전락합니다. 영화로까지 제작되어 멋진 신세계 사람들의 지루함을 달래주게 되었지요. 헬리콥터 택시를 타고 구경꾼들이 몰려들었습니다.

존이 쫓아내면 잠시 달아났다가 다시 구경하러 몰려드는 사람들, 단 한 번도 인생이란 것을 진지하게 생각해 본 적이 없는 사람들, '나'라는 존재나 살면서 느끼는 외로움과 불안과 고통을 몸과 마음으로 느껴보고 시달려 본 적이 없는 사람들, 무엇이든지 구경거리 삼아 소비해 버리는 사람들이 벌떼처럼 몰려들었습니다.

손뼉을 치고 환호성을 지르며 '채찍질하라'라고 외쳐대는 구경

꾼들에게서 도망갈 곳이 없어진 존은 깊이 절망합니다. 이런 세상에서 존은 이제 어디로 달아날 수 있을까요? 야만인 보호구역은 그를 포용하지 않았고 멋진 신세계는 그가 거부했습니다.

떼를 지어 몰려온 헬리콥터들이 10킬로미터에 걸쳐 시커먼 구름처럼 하늘을 뒤덮었고, 관광객들이 헬리콥터에서 내리며 "이봐, 야만인!" 하고 존을 부른 어느 날, 대답이 없습니다. 모습도 보이지 않습니다. 그의 거처인 등대의 문은 조금 열려 있었지요. 사람들이 어두컴컴한 등대 안으로 들어갔습니다. 그리고 그들은 싸늘하게 식은 존을 발견합니다.

유토피아는 사람들이 꿈꾸는 세상입니다. 유토피아라는 말은 어디에도 존재하지 않는 가공의 이상향입니다. 유토피아의 반대말은 디스토피아입니다. 역(逆) 이상향이라고 하지요. 사람들이 꿈꾸는 살기 좋은 세상은 어디에도 존재하지 않지만, 디스토피아는 이 지구상에 존재하는 가장 살기 어려운, 험악한 세상으로 문학 작품에서 다루고 있는 개념입니다.

살기 힘든 세상이라고 하지만 정작 디스토피아에 살고 있는 사람들은 그게 가장 행복한 삶이라고 여기고 있습니다. 그곳이 디스토피아인 줄 모르고 그곳을 떠나는 것이 불행해진다고 생각하는 곳입니다. 뭘 더 생각하려고 자유의지를 일으키는 것조차 불필요해진 곳이 디스토피아입니다.

1932년의 작품이지만 작가가 상상한 미래의 디스토피아는 바로 지금 현재 우리의 생활 방식을 참 많이 닮아 있습니다. 홀로 있고 싶어 하면서도 끝없이 스마트폰으로 자신을 노출하고 세상을 구경합니다. 미디어에 중독되었고, 우르르 몰려다닙니다. 남들이 맛있다고 하는 곳에 가서 똑같은 것을 먹어야 하고, 남들이 가서 사진을 찍어 올린 곳에 나도 가서 똑같이 사진을 찍습니다. 내 삶이 세상이 들이대는 표준에 맞는지 아닌지를 늘 의식하고, 홀로 있어 찾아오는 인간적인 고독은 무엇인가를 소비하면서 지워버립니다.

가족을 굴레처럼 버거워하고, 나이듦에 찾아오는 자연스런 현상을 거북하게 여깁니다. 자연의 태양을 피해서 늙을까 봐 온몸을 칭칭 감쌉니다. 나와 다른 이를 따돌리고, 나보다 못하다 여겨지면 외면하거나 경멸하기도 합니다. 한 사람이 아무리 훌륭한 일을 해내었어도 그가 부유하지 않으면 주목받지 못합니다. 인생의 성공은 오직 경제적인 성공으로만 가늠합니다. 가치 기준은 효율성과 가성비와 '남들만큼'에 있습니다. 세상은 살기 편해지고 있는데 인생이 버겁다는 사람은 한없이 늘어만 갑니다.

다 같이 잘 살고 다 같이 행복해진다는 것이 과연 가능할까요? 생각해 보면 디스토피아는 유토피아 때문에 생겨나는 세상입니다. 유토피아란 존재하지 않는 세상인데, 유토피아를 꿈꾸는 사람들이 살맛 나는 세상을 디스토피아로 망쳐버리는 게 아닌가 싶습니다.

세상이란 공간에서는 서로 다른 사람들끼리 어울렸다가 흩어지면서 경쟁도 하고 협력도 합니다. 삶의 길목에서 맞닥뜨리는 사건들에서 인생을 배우고 포기도 하고 체념도 하고 뜻밖의 행운에 환호성을 지르기도 하는 세상, 멱살을 잡기도 하지만 부끄러움에 얼굴을 붉힐 줄도 아는 세상, 나는 나여서 좋았고 당신은 당신이어서 좋은 세상, 유토피아도 디스토피아도 아닌 사람의 세상, 바로 이런 곳이 존이 갈망한 멋진 신세계가 아닐까요?

 함께 읽으면 좋은 책

◆ 레이 브래드버리, 박상준 옮김, 《화씨 451》, 황금가지
◆ 예브게니 이바노비치 자먀찐, 석영중 옮김, 《우리들》, 열린책들
◆ 조지 오웰, 이기한 옮김, 《1984》, 펭귄클래식코리아

귀하지 않은
생명은 없다

한강 《작별하지 않는다》

역사적 트라우마를 직시하고 인간 삶의 연약함을 드러내는 강렬한 시적 산문이다.

2024 스웨덴 한림원의 노벨문학상 선정 이유

▌이 책을 선정한 이유 ▌

한국 최초 노벨 문학상으로 선정된 한강의 《작별하지 않는다》는 제주 4·3 사건을 배경으로 개인과 역사, 상처, 치유를 탐구한 소설이다. 이 작품으로 한강은 2023년 프랑스 메디치 외국문학상을 수상하며 국제적인 인정을 받았다. 출간 이후 많은 독자와 평론가 들에게 호평을 받으며, 제주 4·3 사건에 대한 관심을 환기시키는 계기가 되었다. 역사적 비극을 문학적으로 승화시킨 이 작품은 과거의 상처를 기억하고 치유하는 길을 제시한다.

한강 작가의 작품을 읽을 때면 술술 읽히리라는 가벼운 마음으로 펼쳐 들었다가 지독하게 아픔을 느끼면서 마지막 장을 덮게 됩니다. 한강 작가의 작품들은 대체로 이런 독후감으로 남습니다. 작가의 문체는 매우 서정적이어서 읽을 때면 감미롭기까지 합니다. 한없이 가벼운 깃털에 올라탄 것만 같습니다. 그런데 묵직하고 기괴하고 통렬한 아픔, 그것도 정신적인 아픔이 아닌 육체적, 물리적인 아픔이 사정없이 괴롭힙니다.

6·25 한국전쟁이 터지기 직전, 제주라는 소박한 섬에서 벌어진 역사적 비극을 다루고 있는 작품 《작별하지 않는다》도 그랬습니다. 다 읽었는데 몸이 아프고 열이 나고 목 끝에 깔깔함이 남습니다.

누구에게나 동일한
생명의 무게

5·18민주화운동을 배경으로 작품 하나를 발표한 경하는 완전히 탈진하고 말았습니다. 두통과 위염에 시달리면서 간신히 버티고 있던 어느 날 제주에 살고 있는 친구 인선의 문자 한 통을 받습니다. 지금 자신이 서울의 한 병원에 있는데 신분증을 가지고 당장 와달라는 문자입니다. 제주도의 공방에서 나무로 작업을 하다가 손가락 검지와 중지 첫 마디가 잘려서 봉합을 위해 서

울의 큰 병원으로 실려 와 급하게 SOS를 친 것입니다. 경하는 문자를 받고 즉시 병원으로 향합니다.

입구에 들어서자마자 벽에 걸린 사진들이 눈에 띄었고 경하는 몸서리를 칩니다. 국내에서 봉합수술을 가장 잘한다는 병원답게 걸려 있는 사진들이 하나같이 섬뜩합니다. 하지만 경하는 용기를 내어 들여다 봅니다. 현실은 끔찍해서 본능적으로 고개를 돌리게 만들지만 외면하면 할수록 어쩌면 실재를 더 왜곡되거나 더 무섭게 기억할 수도 있기 때문이지요. 이 대목이 우리 역사를 소설 배경으로 삼는 한강 작가의 집필 동기라고 생각합니다.

인선의 부탁은 간단합니다. 제주도 빈 집에 앵무새 한 마리가 물과 사료를 주었으면 한다는 것입니다. 아무 준비가 되어 있지 않았던 경하는 내일 내려가면 안 되겠느냐 묻습니다. 그러나 인선은 단호하게 지금 당장 내려가 달라고 말합니다. 친구의 사정이 어떤지는 묻지도 않고 막무가내로 부탁하는 인선의 모습이 조금 억지스럽게도 느껴집니다. 하지만 작가는 앵무새에 빗대어 이렇게 아끼고 보호하지 못하면 금세라도 꺼질 수 있는 생명의 유약함을 그리고 있습니다. 활기차게 날아오르고 지저귈 때면 한없이 빛나지만 제때 물 한 모금을 먹지 못하면 이틀을 버티지 못하는 앵무새처럼 가만히 들여다보면 한없이 여리고 약한 것이 생명입니다.

오래 전 인선의 집을 찾았다가 스웨터 입은 자신의 어깨 위에 올라앉은 앵무새 아마의 두 발이 주었던 느낌을 떠올립니다. 그때 생명의 무게가 생생하게 느껴졌기 때문입니다. 작가는 생명의 무게를 촉감으로 표현합니다. 앵무새가 어깨에 내려앉으면서 남긴 따스하고 부드럽고 가칠가칠한 감각은 가벼움이라는 무게로 깊숙하게 살갗에 각인되었습니다.

인간이라는 생명의 무게도 그처럼 투명하리만큼 가볍습니다. 그 가벼운 생명으로 인간은 진득하게 살아가고 있는 중입니다. 모두 그렇습니다. 어떤 생명은 함부로 다루어도 괜찮고 어떤 생명은 지중하게 모셔야만 한다는 기준은 처음부터 없습니다.

그런데 한 생명이 다른 생명을 향해 폭력을 가하고, 연약하기 짝이 없는 목숨을 끊어버리는 일이 이 땅에서 벌어졌지요. 6·25니 5·18이니 4·3이니 하면서 우리는 그 사건의 이름만 기억하려 합니다. 하지만 이 숫자 이면에 몇 개의 생명이 잔혹하게 살해당했을까요? 그 생명들이 끊어질 때 얼마나 아팠을까요? 소설 속에서 병원에 실려 온 인선은 손가락 두 개 마디가 잘려도 이렇게 아픈데 총에 맞거나 몽둥이에 맞고 칼에 베여 죽은 사람들은 얼마나 아팠을지 조용히 떠올려 봅니다.

하얀 눈이 폭설이 되어 쌓이는 가운데 경하는 인선의 부탁을 거절하지 못하고 앵무새 한 마리를 살리기 위해 제주로 내려갑니다. 하지만 앵무새는 허무하게 숨이 끊어진 채 새장 속에 떨어져 있었고, 경하는 꽁꽁 언 땅을 파서 새를 묻어 줍니다. 소설은 곧이어 전기도 물도 다 끊긴 인선의 집에서 경하 혼자 친구가 모아둔 자료들을 천천히 열어보는 일을 그립니다.

어느 결엔가 병원에 있어야 할 친구 인선이 돌아옵니다. 바로 이 지점에서 소설은 환상처럼 현실을 가뿐하게 넘어섭니다. 인선은 경하에게 낮은 목소리로 오래 전 어머니가 겪었던 4·3 사건의 비극을 들려줍니다. 인선의 어머니가 바로 그 학살 피해의 증인이었고, 아버지는 피해 당사자였습니다. 부모는 이미 세상을 떠났지만 인선은 홀로 빈집에서 기억을 더듬고 자료를 뒤적이며 그들이 겪었던 아픔을 정리하고 있었던 것입니다. 그렇게 피해자도 가해자도 하나둘씩 세상을 떠나고, 남은 것은 그 시대를 몸으로 겪어 보지 못한 자손들 뇌리에 박힌 기억뿐입니다.

그런데 그 기억이 아픕니다. 아픈데, 아프기 이를 데 없는데 계속 기억을 붙들고 살아가야 할까요? 그냥 물처럼 바람처럼 흘려보내야 할까요? 그럴 수는 없습니다. 흘러가게 내버려둘 수 없고, 기억 속에서 아른거리다 까무룩 잊게 되면 안 되었기에 애초 경하와 인선은 작업을 하기로 했었지요. 나무로 희생된 사람들 형상을 만들어서 영원히 곁에 두고 싶었습니다. 그래서 그들과 작별하지 않으려 했지요. 《작별하지 않는다》라는 소설의 제목은 그렇게 나온 것입니다.

역사는 트라우마를 남긴다

작가의 문체는 깃털처럼 부드럽고 눈송이처럼 가볍지만, 그 필체로 그려내는 사건들은 말로 표현할 수 없을 정도로 처참한 비극입니다. 종종 사람들이 이 작품은 뭘 말하는 것이냐고 묻습니다. 그럴 때마다 "한강 작가의 소설은 너무나 가볍고 사소하기까지 한 것처럼 말하는데, 사실 너무나 지독하게 처절하고 아픈 글"이라고밖에 표현할 길이 없었습니다.

그러다 지난 10월 10일 스웨덴 한림원에서 날아온 속보에 깜짝 놀랄 수밖에 없었습니다. 스웨덴 한림원에서는 한강 작가를 노벨문학상 수상작가로 선정했다고 발표하면서 다음과 같이 선정 이유를 밝혔습니다.

"역사적 트라우마를 직시하고 인간 삶의 연약함을 드러내는 강렬한 시적 산문이다."

이 길지 않은 선정 이유를 접하는 순간, 읽었으나 무엇이라 소감을 말하기 어려워 머뭇거리게 만들었던 작가의 작품 세계가 또렷하게 드러났습니다. 생각해 보면 '역사'만을 생각했기에 소설에 공감하지 못했던 것입니다. 작가가 말하고자 한 것은 몇 년 전에 어디에서 무슨 일이 벌어졌다는 피상적인 기술로만 익혔던 역사가 아니라 그 역사가 남긴 '트라우마'입니다.

역사적 사건들은 모두 과거입니다. 말 그대로 이미 벌어진 일이지요. 그런데 그 현장을 본 사람들의 몸과 마음에는 상처가 남습니다. 딱지가 앉았지만 건드리면 언제고 새빨간 피가 고이고 흐를 상처입니다. 상처와 비극은 트라우마라는 현상으로 이어집니다. 역사는 과거인데 트라우마는 현재입니다.

외면하면 간단합니다. 대부분의 사람들은 비극적인 사건일수록 빨리 잊자고 말합니다. 하지만 누군가에게는 외면할 수 없는 너무 깊고 큰 상처입니다. 대체 가해자가 무슨 짓을 했기에 트라우마까지 생긴 것일까요? 그건 바로, 생명을 다쳤기 때문입니다.

생명은 가장 소중한 것이고, 최후까지 지켜져야 할 값을 따질 수 없는 것입니다. 그런데 그 귀하기 이를 데 없는 생명이란 것이 또 가볍기 이를 데 없어 새털보다도 눈송이보다도 더 연약합니다. 이 지구에 살고 있는 80억 인간은 물론이고, 동물이건 곤충이건 모두 마찬가지입니다. 모두가 하나씩 가지고 있는 생명은 위태위태한데 그게 끊어지면 세상이 끝납니다. 바로 그런 생명이 무수하게 끊어지고 다치는 일들이 세상에서 벌어진 것입니다. 누가 죽었는지를 따지려는 게 아닙니다. 누가 죽었는지를 생각해 보자는 것입니다. 어떻게 죽었는지를 생각해 보자는 것입니다.

한강 작가의 노벨상 수상 소식에 이념 논쟁을 덧붙이며 자꾸만 찬물을 끼얹는 사람들이 우리 사회에 있습니다. 아직 그 작품들을 이해하지 못한 게 틀림없습니다. 아, 정말 안타깝습니다. 그렇게 비웃는 그 사람들의 생명도 소중하기 이를 데 없다고 작가는 말하는데 말이지요.

사실을 바로 보는 일은 불편합니다. 가해자는 당황하고 피해자는 억울합니다. 시간은 속절없이 흘러가버렸고, 이제 잘잘못을 따지는 일이나 구구절절한 사연들은 누렇게 빛이 바래 미래 세대들은 아예 들춰보려 하지 않습니다. 미래를 살아야 하는데 발목을 잡지 말라는 것이지요.

하지만 과거는 미래입니다. 미래는 틀림없이 현재가 되고, 현실이 됩니다. 역사란 반복되는 것이니까요. 쉽사리 잊고 떠나보내는 데 급급하기보다는 진득하게 불러 앉혀 마주 본다면, 저들이 역사의 스승이 되어 덜 아픈 시대로 사람들을 안내할지도 모릅니다. 바로 그런 작업이 이 한 권의 소설에서 이뤄지고 있던 거였지요. 한강 작가의 노벨상 수상을 진심으로 축하합니다.

함께 읽으면 좋은 책

◆ 김석범, 김환기·김학동 옮김, 《화산도 1~12》, 보고사
◆ 스베틀라나 알렉시예비치, 박은정 옮김, 《전쟁은 여자의 얼굴을 하지 않았다》, 문학동네
◆ 이범선, 《오발탄》, 문학과지성사

살아가기 위해 살펴야 할 것

존 로빈스 《존 로빈스의 음식혁명》

몸에 좋으면서도 소박한 식품을 맛있게 조리하여 먹으며 건강하게 사는 사람과 스테이크와 아이스크림을 게걸스럽게 먹으며 과체중과 고혈압으로 고생하는 사람 중 누가 더 인생을 즐긴다고 생각하는가?

존 로빈스, 안의정 옮김, 《존 로빈스의 음식혁명》, 시공사, 2011(개정판)

┃이 책을 선정한 이유┃

《존 로빈스의 음식혁명》은 출간 이후 전 세계적으로 큰 반향을 일으키며, 여러 기관과 단체에서 권장도서로 선정된 책이다. 식생활과 환경, 건강의 연관성을 심도 있게 다루며, 지속 가능한 식단의 중요성을 일깨워 준다. 특히 미국의 비영리 단체인 '어스세이브 인터내셔널(EarthSave International)'은 이 책을 필독서로 추천하고 있다. 많은 독자에게 음식이 우리의 삶과 지구에 미치는 영향을 다시 생각하게 만드는 계기를 제공한다.

존 로빈스라는 이름은 낯섭니다. 하지만 그의 아버지 이름이 어브 로빈스, 그의 삼촌 이름이 버턴 베스킨이라면 머리에 아주 유명한 아이스크림 상호가 떠오릅니다. 두 사람이 공동창업한 베스킨 라빈스가 그것입니다. 존은 바로 이 어브 로빈스의 아들입니다.

존은 어려서부터 베스킨 라빈스31의 모델로서 광고사진을 찍기도 한 주인공입니다. 달콤한 아이스크림이 없는 인생은 상상도 하지 못하는 어린 시절을 보냈는데, 뜻밖에도 이 사람은 지금 전혀 다른 삶을 살아가고 있습니다. 아이스크림을 완전히 끊은 것에서 나아가 육식을 멈춘 채식주의자가 되었습니다.

어릴 적 공동창업주인 삼촌의 죽음이 그 첫 번째 계기입니다. 사업상 날마다 아이스크림을 먹던 삼촌이 50대 초반에 심장마비로 세상을 떠났던 것입니다. 존의 어린 시절을 돌이켜 보면 집 마당에 있는 수영장은 아이스크림콘 모양이었고, 아이스크림 맛의 이름을 따서 고양이들의 이름을 지었으며, 종종 아이스크림으로 아침식사를 대신하기도 했습니다. 어마어마한 규모의 목장을 가지고 있었기 때문에 우유도 원 없이 마셨습니다.

그 결과 집안 사람들은 비만과 싸워야 했고, 앞서 말한 삼촌은 50대 초반에 심장마비로 사망했으며, 존의 아버지이자 아이스크림 회사 창업주인 어브 로빈스 역시 중증 당뇨병과 고혈압으로 고생했고, 이 책의 저자인 존 로빈스마저도 병을 달고 살았다고 회고합니다.

달콤한 아이스크림을 먹으면 행복하지만, 정작 이 음식이 사람에게 해롭다는 사실을 받아들이면서 존은 스물한 살이 되던 해에 아버지에게 독립을 선언합니다. 그저 대저택에서 나가는 것만을 의미하지 않습니다. 아버지가 아이스크림을 팔아서 자신에게 주는 모든 경제적 혜택도 거부하겠다고 선언한 것이지요.

이후 그는 접시닦이를 포함한 온갖 궂은일을 하며 대학등록금과 생활비를 벌었고, 결혼한 뒤에는 아내와 함께 작은 섬으로 이사해서 철저하게 자급자족의 삶을 이어갔습니다. 가난하지만 생계를 위한 최소한의 경제활동을 하는 가운데 그는 책 한 권을 써서 세상에 내놓았습니다. 《육식, 건강을 망치고 세상을 망친다》라는 제목의 이 책은 유제품과 축산물이 세상 사람들 입에 들어가기까지의 숨기고 싶은 비밀들이 적나라하게 드러나 있습니다.

이 책은 그야말로 엄청난 반향을 불러왔습니다. 책을 출간한 지 5년 만에 미국에서 소고기 소비가 무려 20퍼센트나 감소했다고 하니 육류업계가 느낀 위기감을 말로 설명할 수 없을 정도입니다. 이 책을 읽거나 내용을 들은 미국인들은 대체로 두 부류로 나뉘었지요. "그래, 무분별하게 먹어온 육식을 진지하게 고민해봐야 해!"라는 부류와, "맛있는 데다 우리 몸을 건강하게 만들어

주는 육류를 저 혼자 생각으로 비난하고 있어. 정말 위험한 작자야!"라는 부류입니다.

후자의 경우는 단연 업자들입니다. 그것도 가축들을 자연에서 방목하며 소규모로 건강한 먹을거리를 생산해 내는 가족 중심의 농장주가 아니라 육류업계 등 음식 관련 사업을 크게 벌이고 있는 대기업입니다. 그들이 가만히 있을 리 없습니다. 그들은 미 농무부, 연구기관 등과 손을 잡고 존의 주장에 대대적인 반론을 펼칩니다. 육류는 안전하며 육식이야말로 사람들이 꼭 먹어야 하는 음식이라는 점을 온갖 방법을 총동원하여 미국 소비자들에게 호소하기에 이릅니다.

맛있는 고기가
식탁 위에 오르기까지

존은 이어서 두 번째 책을 펴냅니다. 그것이 바로 《존 로빈스의 음식혁명》입니다. 현대인들의 심장이 위협받고 있는 이유와 암을 유발하는 동물성 식품에 대한 고발, 단백질을 둘러싼 오해와 왜곡, 공장식 축산농장의 실태 고발, 그리고 유전자 변형 식품에 대한 우려가 그 주 내용입니다.

존은 잔인한 방법으로 동물들을 도살하고 비위생적인 처리 과정을 거치지만 소비자들 눈앞에서만 깔끔하게 포장하고 기업 광고로 진실을 은폐하는 수많은 식음료 회사들, 그리고 유전자를 변형해서까지 곡물을 재배하고 장사를 하는 기업들을 고발하면서 음식을 둘러싼 은폐된 사실을 파헤치고 있습니다. 행복해지고 건강해지자고 먹는 음식이 알고 보면 우리 몸에 아주 치명적인 결과를 불러오는 경우가 많으며, 여기에는 식품 회사들의 광고가 소비자들의 바른 판단을 흐리게 하는 것이 한몫했다고 지적합니다.

책을 읽다 보면 맛나게 먹었던 육류가 어떤 과정을 거쳐 내 밥상에까지 도달했는지 생생하게 그려져서 소름이 끼칠 정도입니다. 가령, 초원에서 풀을 뜯어 먹던 소들은 고기가 되어 팔리기 위해 곡물을 먹게 되는데, 그것만으로는 수익을 불릴 수 없었는지 업자들은 가축에게 약물을 투여합니다.

"미국에서는 건강한 가축의 몸무게를 늘리는 수단으로 항생제를 먹이에 섞는 일을 오랫동안 일상적으로 행해왔다. 인간의 의약품 과도 사용과 함께, 이러한 사례는 박테리아의 내성을 키우고 다중약물저항성 박테리아를 생성시켜, 결국에는 인간의 건강을 위협하는 것은 물론 치료하기 어렵거나 불가능한 질병을 야기한다."

두툼한 스테이크가 어떻게 만들어졌는지를 알 수 있는 보고입니다. 돼지 또한 사정은 마찬가지입니다. 지글지글 익어가는 삼겹살은 생각만 해도 침이 넘어갑니다. 값도 비싸지 않고 포만감도 안겨 주기에 서민들에게는 이보다 더 근사한 식재료가 없습니다. 그러나 이런 돼지고기도 자연의 농장이 아닌, 공장처럼 지어진 축사에서 태어나고 길러지다 도살당한 것임을 알게 되면 입맛이 사라집니다.

이 책에서 가장 서글펐던 문장은 송아지와 관련한 것입니다. 연한 핑크빛을 띤 값비싼 송아지 고기 스테이크의 실상을 알고도 이 음식을 먹을 사람은 그리 많지 않을 것입니다.

> "송아지는 태어나자마자 어미 소에서 분리되어 목에 굴레를 쓴 채 55.88센티미터×147.32센티미터 정도 되는 작은 우리 안에 갇히고 만다. (…) 한 발자국도 뗄 수가 없고, 자연스럽고 편한 자세로 누울 수도 없는 처지로 송아지는 도살당할 때까지 4개월간 개별 우사에 갇혀 있어야 하는 것이다. 대개 하루에 두 번 짧게 식사할 때를 제외하고는 햇빛도 보지 못한다."

살점이 많이 붙은 큼직한 닭다리는 또 어떤가요? 짐작하겠지만, 여기에도 차마 드러내기 어려운 사정이 있습니다. 보통 닭 한 마리는 21주 정도 걸려 정상의 무게에 도달하여 시장에서 팔리지만 그래서는 이윤을 내기 어렵다고 판단한 업자들은 의도적으로 살을 찌워 7주 만에 그 무게에 이르게 합니다.

이렇게 비정상적으로 성장한 닭들은 심각한 비타민 결핍과 미네랄 결핍에 시달리게 되며, 시력 상실, 신장 손상, 뼈 및 근육 부실, 두뇌 손상 등등 심각한 질병을 겪게 됩니다. 건강하자고 먹는 음식 재료가 알고 보니 이런 질병 덩어리라면 마음 놓고 먹을 수 있을까요?

퇴근길 부모가 사랑하는 아이들을 위해 치킨을 주문하는 모습은 참 행복해 보이는 풍경입니다. 그러나 튀겨지고 양념 범벅이 된 닭고기의 사정을 파악하면 내가 내 아이에게 무엇을 먹였는지 반성하지 않을 수 없습니다.

내가 먹은 음식이
나를 죽이는 불편한 진실

책에서는 식재료로 소비되는 동물들을 이야기하면서 정반대의 환경에서 살아가는 동물 이야기도 언급되고 있습니다. 바로 어젯밤에도 SNS의 짧은 영상으로 우리를 잠 못 들게 한 주인공은 개와 고양이입니다. 사람들은 그 사랑스러움에 환호성을 터뜨립니다. 함께 장난을 치고, 비싼 사료를 사다 먹이고, 온갖 옷가지를 사 입히고, 사진을 찍고, 혼자 있을 때 춥거나 덥지 말라고 에어컨이나 보일러를 틀어 주기도 합니다.

　그러나 실상은 역시 비참합니다. 책에 따르면, 매일 미국에서 태어나는 약 7만 마리의 강아지와 고양이 가운데 사람에게 입양되는 수는 겨우 1만 5천여 마리에 불과하다고 합니다. 또한, 매년 2천만 마리 정도의 강아지와 고양이 들이 입양되지 못하고 도살장으로 끌려간다고 하지요.

　귀엽고 사랑스럽기만 해서 '애완'이 아닌, 인생의 벗이라는 뜻의 '반려'라고까지 부르고 있는 개와 고양이마저도 인간의 기호(嗜好)를 위해 간단히 처리되고 만다는 저자의 설명에 경악할 따름입니다. 그저 육식을 탐하는 식습관을 반성하는 데에 그칠 문제가 아니라 생명 그 자체를 다시 생각해 봐야 한다는 결론에 도달합니다.

　애초에 달콤한 아이스크림이 인간을 행복하게 만들기는커녕 불행의 단초가 된다는 점에서 음식혁명을 일으키고자 한 존의 작업은 결국 지구상에서 인간의 식재료로 소비되는 모든 가축들의 실태를 소비자들에게 보고하기에 이르렀습니다. 책을 읽는 내내 인간의 잔혹함에 마음이 불편했습니다. 물론 업계는 이런 고발을 좌시하지 않습니다. 온갖 로비와 광고를 통해서 소비자가 진실에 도달하지 못하게 합니다. 심지어 미국의 식품정책 지배권을 유지하기 위해 하루에도 수백만 달러를 쏟아 붓고 있다고 하지요.

존은 이 책을 쓰면서 사람들이 깨어나기를 간절히 바라고 있습니다. 저자는 내내 지금 미국과 유럽에서 육류에 대한 사람들의 생각이 어떻게 바뀌고 있는지, 정책이 어떻게 달라지고 있는지를 보고하고 있습니다. 한 사람, 한 사람이 현실을 자각하고 기업에 문제를 제기하고 시정을 요구하고 정책에 적극적으로 반영하도록 움직이고 있다는 점을 계속 이야기하고 있습니다.

"당신이 무엇을 먹는지 말해 달라. 그러면 당신이 어떤 사람인지 말해 주겠다."

1800년대 프랑스 미식가 장 앙텔므 브리야 사바랭의 이 말은 너무나도 유명합니다. 무엇을 먹느냐는 정말 중요합니다. 그 먹이로 내 몸이 지금까지 살아왔고, 그 먹이로 내 성격이 정해져 왔고, 내 수명이 정해집니다.

건강하고 행복하게 살고 싶은 마음에서 먹는 음식은 내 몸에서 반대의 효력을 발휘하기도 합니다. 그동안 먹은 음식으로 인해 병을 얻고 죽음에 이르기도 하기 때문입니다. 이 책을 읽는 내내 저자의 이 한 마디가 뇌리에서 떠나지 않았습니다.

"건강의 가치를 알고 싶으면 건강을 잃은 사람에게 물어보라."

    나와 가족과 이웃과 세상이 건강해지려면 무엇을 어떻게 먹어야 하는지 진지하게 고민해야 할 때입니다. 아니, 무엇을 먹지 말아야 할지를 고민해야 합니다. 존은 그렇게 하면 생명을 살리고 지구도 살리고 각자의 몸도 살릴 수 있다고 호소하고 있습니다. 저는 그의 진심 어린 호소에 공감하고 기꺼이 설득 당하고 있습니다. 당신도 그리되기를 바랍니다.

 함께 읽으면 좋은 책

♦ 헬렌 니어링, 공경희 옮김, 《헬렌 니어링의 소박한 밥상》, 디자인하우스
♦ 루스 해리슨, 레이철 카슨, 강정미 옮김, 《동물기계》, 에이도스
♦ 리나 구스타브손, 장혜경 옮김, 《아무도 존중하지 않는 동물들에 관하여》, 갈매나무

우리의 서사는
계속 이어진다

일연 《삼국유사》

갈 길 더딘데 해는 떨어져 모든 산이 어둡고

길은 막히고 성은 멀어 인가도 아득하네.

오늘은 이 암자에서 자려 하오니,

자비스러운 스님은 노하지 마오.

일연, 이민수 옮김, 《삼국유사》, 을유문화사, 2013

▮ 이 책을 선정한 이유 ▮

일연의 《삼국유사》는 단군 신화와 향가 등 귀중한 자료를 포함하여 한국 고대사 연구에 필수적인 사료로 평가받는 역사서다. 《삼국사기》와 함께 한국 고대사 연구의 양대 산맥으로 꼽히며, 조선 초기 간행본은 대한민국 국보로 지정되었다. '서강대학교 필독서 230선'에 선정되는 등 여러 교육 기관과 단체에서 한국의 문화와 역사를 이해하기 위한 필독서로 추천하고 있다. 특히, 설화와 역사, 불교 전통을 아우르며 한국인의 정신적 뿌리를 이해하는 데 중요한 역할을 한다.

기차나 고속버스를 타고 지방 강의를 하러 갈 때면 차창 밖을 하염없이 바라봅니다. 자주 다녀서 눈에 익은 풍경이지만 질리지 않습니다. 계절은 늘 바뀌니 그에 따라 차창 밖 풍경도 매번 새롭기 때문입니다. 하지만 언제부터인가 바람처럼 휙휙 스치는 경치 너머 흙바닥을 바라보게 되었습니다.

저 땅을 과연 몇 사람이 밟았을까, 이 너른 평야에서 전쟁이 벌어지기도 했겠지, 그때 얼마나 많은 피가 이 땅을 적셨을까 하고 생각하기도 하고, 충청도 지역을 지날 때면 은근 백제 땅을 지난다는 상상을 해 보고, 경상도 지역까지 내려가면 신라 땅에 들어섰다는 생각을 합니다. 고구려와 고려 땅에 들어서지 못하는 것이 무척 안타깝지만 이 땅에 세워졌다 사라지고 열리고 닫힌 왕조들을 짐작해 보면 예사로운 여행길에도 제법 묵직한 역사의 무게가 실립니다.

일연(一然)은 불교 승려입니다. 승려란 속세를 떠나 구도자로서 일생을 살아가는 사람입니다. 인간 세상의 이야기보다는 심오한 진리를 깨닫는 데에 매진하며 문자보다 깊은 사색과 통찰, 말이 끊어지고 사색이 닿지 못할 경지를 체득해야 하는 사람입니다. 굳이 글을 남긴다면 진리를 향한 뜨거운 바람이나 심오한 종교적 경지의 내용을 담는 것이 일반적일 것입니다. 그러나 고려 말기의 일연은 특이하게도 많은 불교 저술과 함께 한민족에게 매우 소중한 역사서인 《삼국유사》를 남겼습니다.

　고려 말기로 접어들면서 외세의 침략이 빈번했고, 고요한 사찰에서도 세속의 비명과 전란의 피비린내가 진동했을 것입니다. 고려의 국교가 불교였으니 현실 정치와도 밀접하게 닿아 있던 터라 일연의 마음속에서 붓다의 길을 걸어가고자 하는 강한 구도심과 함께 외세에 짓밟히는 이 땅의 현실이 안타깝다 못해 무엇이라도 해서 기운을 되찾게 하고픈 열망이 솟구쳤으리라 짐작해 봅니다.

　그가 태어나기 전 세상에 나온 《삼국사기》는 정사(正史)인 반면 일연이 지은 《삼국유사》는 '유사(遺事)'입니다. 유사는 역사의 사(史)가 아니라 일어난 일들을 뜻하는 사(事)를 쓰는데, 다시 말해 국가기관에 속한 사관의 기록인 정사가 아닌 전해져 내려온 이야기, 즉 개인이 기록한 야사(野史)입니다. 그래서 더 좋은 것은 사람들의 입에서 입으로 전해지는 신비한 이야기가 생생하게 글로 남겨진다는 점입니다.

　일연은 《삼국유사》 첫머리에 "옛 성인이 예악으로 나라를 일으키고 인의로 가르침을 베풀면서도 괴이, 완력, 패란, 귀신에 대해서는 말하지 않았다"면서 역사를 기록함에 사실에 입각하는 자세를 중시하고 있음을 밝힙니다. 그러면서도 제왕이 일어날 때 하늘이 사람인 군주에게 명을 내려줄 때는 보통 사람들과는 다른 점이 있었다고 말합니다. 중국의 역사는 온통 신비스럽고 영험으로 가득 찬 기적으로 시작하는데 우리 땅이 그렇게 하지 말라는 법이 있느냐고 되묻지요.

일연은 곧이어 환인이 서자 환웅에게 세 가지 징표(삼부인)를 주어 인간세상을 다스리도록 내려보낸 고조선의 시초를 들려줍니다. 환웅은 무려 3천 명이나 되는 신들을 거느리고 태백산 꼭대기 신단수 아래로 내려왔는데, 이때 그는 바람과 비와 구름을 관장하는 세 명의 대신과 함께 인간 세상의 360여 가지 일을 주관하며 이 땅을 다스렸다고 합니다.

마치 그리스 로마 신화에서 프로메테우스가 인간을 이롭게 하기 위해 온갖 도움을 주었듯이 이 땅에서도 그와 같은 일들이 일어났다는 일연의 기록을 보면 인간 세상의 시원(始原)을 신화에서 찾으려는 것은 동서양을 막론한 인간 지성의 공통점이라는 생각이 듭니다.

그뿐인가요? 쑥 한 다발과 마늘 스무 개를 먹고 백 일 동안 햇빛을 보지 않고 견딘 곰이 여자가 되어 환웅과 결혼해 단군왕검을 낳았다는 설화는 우리에게 무척 익숙합니다. 하지만 냄새가 강한 식물을 왜 등장시켰는지, 햇빛을 백 일 동안 보지 못하도록 한 이유는 무엇인지, 그리고 기백 넘치는 호랑이가 아니라 곰이 금기를 잘 참아내 여인의 몸이 된 까닭은 무엇인지 등등을 곱씹

다 보면 시간 가는 줄 모르게 됩니다.

중세사가 미셸 파스투로는 《곰, 몰락한 왕의 역사》에서 동물 가운데 곰이 인간과 밀접하게 연관을 맺고 있는 정황을 자세하게 밝히고 있는데, 고대 그리스 일부 지역에는 야생동물의 여신인 아르테미스에게 바친 성소를 지키는 여사제를 '작은 암곰'이라 불렀고, 인간의 아이를 보호하고 길러주는 어머니이자 보호자인 암곰이 신화에 등장하고 있다고 합니다. 고조선 단군신화에서 곰이 인간 여성으로 변신하여 단군을 낳았다는 신화 역시 옛 사람들의 곰과 관련한 인식은 동서양에 공통하고 있다는 점을 알 수 있습니다.

설화는 역사를
풍요롭게 만든다

《삼국유사》의 신비한 이야기는 단군의 탄생 뿐만이 아닙니다. 동부여의 금와 설화에서는 늙도록 아들이 없는 해부루가 산천에 제사를 지내려고 타고 다닌 말이 큰 연못에 이르러 큰 돌을 바라보고는 눈물을 흘렸고, 그 돌을 옮기고 보니 금빛 개구리 모양의 어린아이(금와)가 있었다는 이야기가 있습니다. 금와가 훗날 물의 신 하백의 딸 유화를 집으로 데려갔더니 햇빛이 그의 몸을 비추었고, 몸을 피할 때마다 햇빛이 따라와 비춘 끝에 낳은 알에서

주몽이 태어났다고 하지요.

또한, 백마 한 마리가 자주색 큰 알 앞에 꿇어앉아 절하는 것을 보고 사람들이 모여들자 길게 울고는 하늘로 날아 올라갔고, 이에 그 알을 깨뜨려 혁거세라는 아이를 얻었다는 박혁거세 신화도 있습니다.

도저히 사실이라 받아들일 수 없는 이야기이지만, 역사의 처음은 인간의 언어와 상식으로 기술할 수 없을 정도로 거룩하기 이를 데 없음을 일연은 이렇게 에둘러서 일러 주려는 것은 아닌가 생각합니다. 역사는 사실을 있는 그대로 기록해서 전하는 데에 가치가 있지만 사람들은 사실을 조금 더 풍요롭게 만나고 싶어 합니다.

캐나다 작가 얀 마텔은 소설 《파이 이야기》에서, 태평양에서 227일을 표류한 파이의 경험을 통해 세상은 있는 그대로가 아니라, 우리가 이해하는 방식에 따라 받아들여진다고 이야기합니다. 그는 인생을 이해하려 할 때 사람들은 자신의 해석을 덧붙이고, 이를 통해 인생을 하나의 이야기로 만들어 간다고 이야기하지요. 그리고 그 이야기 속에서 우리는 더 풍요로운 인생을 살아갈 수 있고, 이야기는 또 다른 이야기를 끌어내어 인간의 역사는 결코 끝나지 않는 서사로 이어집니다.

일연의 《삼국유사》에는 독자들도 아시다시피 삼국의 기원과

왕들의 이야기만 펼쳐지는 게 아닙니다. 위정자와 민중들이 의지하던 불교와 관련한 이야기도 풍요롭지요. 그중에서 경주 분황사에 모셔진 천수대비관세음보살과 앞을 보지 못하는 아이 이야기가 참 감동스럽습니다.

희명이란 여인의 아이가 태어난 지 5년 만에 갑자기 앞을 보지 못하게 되었습니다. 엄마는 얼마나 절망스러웠을까요? 그 시절 기댈 곳이라고는 부처와 보살 밖에는 없었을 테고, 희명은 앞을 보지 못하는 아이를 데리고 분황사로 달려갔습니다. 절 왼쪽 전각 북쪽 벽에는 천수대비관세음보살이 그려져 있었지요.

세상(세, 世)의 고통스런 소리(음, 音)를 듣고 지그시 관찰하는(관, 觀) 관세음보살에게는 눈이 천 개, 손이 천 개 있다고 합니다. 눈이 천 개나 되는 것은 세상 곳곳을 두루 살핀다는 뜻이고, 손이 천 개나 되는 것은 도와 달라고 내미는 중생의 손을 다 잡아주기 위함입니다. 앞을 보지 못하는 아이를 데리고 그 관세음보살 앞으로 나아간 엄마는 아이에게 노래를 한 곡 지어서 일러준 뒤 그 노래를 부르라고 시킵니다.

"무릎을 세우고 두 손바닥 모아,

천수관음 앞에 비옵나이다.

1,000 손과 1,000 눈 하나를 내어 하나를 덜기를,

둘 다 없는 이몸이오니 하나만이라도 주시옵소서.

아아, 나에게 주시오면 그 자비 얼마나 클 것인가."

아이와 엄마가 이 노래를 어떤 마음으로 불렀을까 상상해 봅니다. 내 앞에는 눈이 천 개나 되는 자비로운 보살님이 벽화로 그려져 있는데, 그림으로 그려진 눈이라도 좋으니 그것 하나만 달라고 비는 그 간절함이 전해집니다. 《삼국유사》에서는 이 노래 끝에 아이가 앞을 보게 되었다지요. 엄마의 이름인 희명은 밝기(明)를 바란다(希)는 뜻입니다.

갑자기 앞을 보지 못하게 된 아이는 두렵기는 하겠으나 이런 장애의 몸으로 살아가야 할 앞으로의 인생에 대해서는 그다지 실감하는 바가 없었을 것입니다. 그저 엄마가 시키는 대로 노래를 잘 외워서 관세음보살 앞에서 자꾸 빌고 읊었겠지요. 아이가 앞을 볼 수 있기만을 바라는 엄마의 마음 하나만이 간절하고도 간절할 뿐입니다. 그 옛날 신라 경주 땅에 지푸라기라도 잡는 심정으로 치맛자락을 꼭 붙잡고 있는 아이를 데리고 주춤주춤 분황사 관세음보살 벽화 앞으로 다가서는 젊은 엄마가 보이지 않나요? 《삼국유사》에는 이렇듯 '사람'이 보입니다.

또한, 사랑 이야기가 없으면 어떤 책이든 읽기가 지루할 수 있지요. 달달하고 때로는 알싸하고 매콤한 사랑이 반드시 담겨 있어야 합니다. 《삼국유사》에는 남녀의 사랑이야기가 제법 그려지고 있지만 그중에서 수로부인에게 꽃을 따서 건네는 노인의 일화가 단연 인상적입니다.

또한, 성덕왕 대에 순정공의 부인 수로가 바닷가 절벽 천 길이나 되는 높이에 피어 있는 철쭉에 반하고 말았지요. 그 꽃이 너무나 갖고 싶었기에 사람들에게 "누가 내게 저 꽃을 꺾어 바치겠소?"라고 말합니다. 너무 높아 아무도 엄두를 내지 못하고 있는데 마침 암소를 끌고 지나가던 노인이 수로부인의 말을 듣고 그 꽃을 꺾어와서 노래와 함께 바친다는 헌화가 이야기입니다.

"자줏빛 바위 가에 잡은 암소 놓게 하시고,

나를 부끄러워하지 않으신다면,

저 꽃 꺾어 바치오리다."

붉은 철쭉이 피어서 절벽이 온통 자줏빛으로 물들었는데 온순한 암소 한 마리를 끌고 가던 촌로가 귀족부인의 황홀한 자태에 마음을 빼앗겨 위태롭게 절벽으로 기어 올라가 꽃을 한 아름 꺾어다 정중하고도 조심스럽게 내밀고 있습니다. 젊고 잘 생긴 꽃미남 청년이 아닌, 인생의 황혼에 접어든 노인이 감히 나서서 절벽 위 꽃을 꺾어 아름다운 수로부인에게 바치는 광경을 상상해 보자면, 그 은은한 로맨스에 가슴이 살짝 울렁거립니다.

일연이 《삼국유사》를 지은 때는 이미 그의 생애 만년의 일입니다. 거대사찰의 주지를 두루 역임하면서도 참선수행을 멈추지 않았고, 왕의 신임을 얻었지만 늙은 어머니를 봉양하겠노라 고향으로 돌아가려 청을 올렸고, 어머니 임종 뒤에는 일흔 아홉 살이라는 고령에 인각사로 거처를 옮겨 책을 썼습니다. 그곳에서 지은 책이 바로 《삼국유사》입니다.

여든을 넘긴 노승은 이 땅에서 열고 닫힌 왕조를 기록하고 민가에서 전해지는 아름답고 간절한 노래를 엮었습니다. 무엇을 기억하게 하고 싶었을까요? 세상 모든 것이 덧없기 이를 데 없다는 인생무상을 누구보다 깊이 체득하고 있을 노승에게는 사람 사는 골목골목마다 은은하게 배어 있는 서정마저도 영원한 진리처럼 느껴졌나 봅니다.

한반도에서 살아가는 우리는 끝없이 바깥세계를 동경합니다. 저들의 신화와 전설이 부러워서 책을 탐독하고 비행기를 타고 날아가 보기도 합니다. 그리스나 이탈리아를 여행할 때면 그 땅이 담고 있는 사랑스러운 신화가 사람들을 끝없는 경이로움으로 이끕니다. 신화의 땅 북유럽도 그렇지요.

'유사'가 전해져 내려오는 야사일 뿐이라고 해도 좋습니다. 이 땅에서 잊힐 뻔한 신비한 이야기가 무사히 오늘까지 이어졌으니 얼마나 다행인지 모르겠습니다. 《삼국유사》는 이 땅에도 그런 아름다운 이야기가 흐르고 있다고 우리에게 일러 줍니다. 무심코 지나는 거리와, 지금 우리네 이웃의 생존이 펼쳐지는 바다와 들판에서 천 년, 이천 년이 넘게 흘러온 설화를 들려줍니다. 참혹한 전쟁들을 겪고 황폐해져 버려진 땅들도 신화와 전설 속에서 매력 넘치는 공간으로 다시 태어납니다.

이야기가 넘치는 땅, 이 땅이 그렇게나 신비로운 곳이었답니다. 우리는 이렇게 매혹적인 땅에서 살아가는 아름다운 사람들입니다.

 함께 읽으면 좋은 책

◆ 고운기, 《스토리텔링 삼국유사 1~6》, 현암사
◆ 정진원, 《삼국유사, 원효와 춤추다》, 조계종출판사
◆ 김욱동, 《내가 사랑한 동양고전》, 연암서가

6장

그저
오늘의 삶에
감사하라

당당하고 여유로운 삶을 여는 책들

살며, 춤추며, 사랑하며

니코스 카잔차키스 《그리스인 조르바》

조르바는 내게 춤을 가르쳐 주고 엄숙하고 끈기 있게, 그리고 부드럽게 틀린 부분을 고쳐 주었다. 나는 차츰 대담해졌다. 내 가슴은 새처럼 날아오르는 기분이었다.

니코스 카잔차키스, 이윤기 옮김, 《그리스인 조르바》, 열린책들, 2009

▌이 책을 선정한 이유 ▌

니코스 카잔차키스는 그리스의 대표적인 작가이자 사상가로, 인간 존재의 본질과 자유를 탐구한 작품으로 유명하다. 그의 대표작 《그리스인 조르바》는 인생을 즐기며 자유롭게 살아가는 조르바라는 인물의 이야기를 통해 삶의 의미와 진정한 행복을 탐구한다. 이 책은 독자들에게 사회적 제약에서 벗어난 자유로운 삶의 가치를 전하며, 열정적이고 충만한 삶의 중요성을 일깨워 준다. 특히, 인간 본성의 욕망과 영혼의 갈등을 진솔하게 담아내며 철학적 깊이를 더한다.

비 오는 이른 아침, 항구 도시의 주점에서 '대가리에 잉크를 뒤집어쓴 채 종이를 씹으며 살고 있던 책벌레'인 오그레는 크레타 섬을 향해 출항할 배를 기다리며 책을 읽고 있습니다. 그동안 이념과 관념에 휩쓸리던 삶에 지쳐 있던 터, 그는 이제 크레타 섬으로 떠나 빌려둔 갈탄광으로 가서 땀을 흘리며 살아가는 노동자나 농부 같은 이들과 단순한 삶을 시작하려던 참입니다.

그런데 바로 이때, 키가 크고 바짝 마른 60대 노인이 납작한 보따리를 옆구리에 낀 채 주점 문을 열고 들어와서 다짜고짜 자신을 데리고 가 달라고 합니다. 불쑥 나타난 이 노인이 알렉시스 조르바입니다. 뜬금없는 요청에 오그레가 되묻자 조르바는 한 술 더 뜹니다. 왜 자꾸 "왜요?"라고 이유를 따지냐는 겁니다. 그 '왜요'가 없으면 아무 짓도 못하냐며, 그냥 마음이 내키면 흔쾌히 몸이 따라가 주는 것으로도 괜찮지 않냐는 것이지요.

몇 마디를 주고받던 오그레는 조르바가 그동안 오랫동안 찾아다녔으나 만날 수 없었던 바로 그 사람임을 감지합니다. '살아 있는 가슴과 커다랗고 푸짐한 언어를 쏟아내는 입과 위대한 야성의 영혼을 가진 사나이, 아직 모태인 대지에서 탯줄이 떨어지지 않은 사나이'였지요. 게다가 그는 전직 광부였습니다.

인부들을 감독할 사람이 필요했던 터라 덥석 수락했는데 조르바는 또 이렇게 조건을 내세웁니다. 당신이 원하는 만큼 열심히 일을 해 주겠지만 자신을 구속해서는 안 된다고요. 자신이 인간이라는 걸 인정해야 한다는 것입니다. 그 말이 기묘해서 뜻을 묻자 조르바는 '자유'라는 한 마디로 인간을 정의합니다.

그리하여 죽어도 손에서 책을 놓지 못하는 오그레는 천하의 괴팍한 노인 조르바와 함께 크레타 섬으로 향합니다. 섬에 도착한 이후, 조르바에게 광산 업무를 죄 맡기고 오그레는 진지하고도 고독한 성찰의 삶을 이어갑니다. 책을 읽고 사색하고 글을 씁니다. 조르바는 샌님 같은 오그레를 견디지 못했지요. 먹고 마시고 즐기는 인생을 왜 놓치고 있느냐고 닦달합니다. 몸에 김이 날 정도로 맛난 음식을 배불리 먹고 여자의 유혹에도 쉽게 넘어가는 조르바는 고결한 영혼의 안식을 위해 홀로 밤 깊도록 책을 읽고 필사하는 오그레에게 제발 좀 여자들 꽁무니를 쫓아다니라고 성화를 부립니다.

그렇다고 조르바가 쾌락에 빠져 허우적거리는 인물은 아닙니다. 그는 일 앞에서는 냉정하고 단호하고 끝장을 봅니다. 가난한 광부들의 처지에 그 어떤 동정도 베풀지 않습니다. 살아남으려면 버텨내야 한다며 무지막지하게 노동자들을 몰아세우면서 자신이 앞장서서 갱도 깊숙하게 파고 들어갑니다. 조르바는 무엇을 하건 어정쩡한 것이 항상 문제라고 소리칩니다. 세상이 이 모양 이 꼴이 된 것도 다 그 어정쩡한 것 때문이니 무얼 할 때면 화끈하게 해야 승리할 수 있다는 것이지요.

얼핏 조르바는 탐욕과 방종의 냉혹한 화신처럼 보일 수도 있습니다. 하지만 그는 자기에게 주어진 모든 일에 열정을 쏟고 끝난 뒤에는 돌아보지 않습니다. 탄광 사업이 순탄치 않아서 가진 돈을 다 날려버렸을 때도 절망하고 자책하지 않습니다. 그가 가장 소중하게 지니고 다니는 악기 산투르를 꺼내 들고 바닷가로 나가 악기를 연주하며 큰 소리로 노래를 부릅니다.

조르바는 자기 앞에 펼쳐진 인생을 그대로 받아들입니다. 늙은 여가수 부블리나의 애처로운 구애도 황홀하게 받아들이고, 비밀이 많은 수도원의 어쭙잖은 권위를 보란 듯이 무시하고, 마을 전체가 젊은 과부를 공공의 적으로 삼아 마녀사냥을 벌이는 현장에 온몸으로 뛰어들어 그를 지켜냅니다. 하지만 자신의 노력이 실패로 돌아갔을 때 역시 실망도 절망도 체념도 하지 않고 현장을 떠납니다. 뒤를 돌아보지도 않습니다.

조르바는 어린아이처럼 모든 사물과 생소하게 만납니다. 그는 영원히 놀라고, 왜, 어째서 하고 캐묻습니다. 만사가 그에게는 기적으로 옵니다. 아침마다 눈을 뜨면서 나무와 바다와 돌과 새를 보고도 그는 놀랍니다. 그는 이렇게 소리칩니다.

"이 기적은 도대체 무엇이지요? 이 신비가 무엇이란 말입니까? 나무, 바다, 돌, 그리고 새의 신비는?"

조르바에게 삶은 권태롭지 않습니다. 매 순간이 그저 기적, 기적입니다. 인생이 지루하지 않고 경이롭고 축복으로 가득 차 있음을 알아차린 사람입니다. 이런 기적을 알아차리지 못하는 사람은 어제가 오늘 같고, 오늘이 내일 같고, 내일이 어제 같아서 지독한 권태에 허우적거립니다.

대체 우리는 왜 우리 자신이 신비 속을 살아가는 행운의 생명인지를 알아차리지 못하는 것일까요? 어쩌면 늘 조건을 내세우기 때문이 아닐까 생각합니다. '이러저러하면 나는 행복하겠다', '이러저러한 조건을 갖춘 사람을 만나면 사랑하고 결혼하겠다', '이러저러한 일이라면 내가 할 수 있다' 같은 것들이지요.

하지만 조건은 늘 또 다른 조건을 불러옵니다. 그리고 조건을 하나 내세울 때마다 우리는 그 속에 갇혀서 이러지도 저러지도 못하는 것입니다. 조르바는 말합니다. 조건을 내세우지 말고 지금 일하고, 지금 사랑하고, 지금 노래하고, 지금 숨 쉬라고 말이지요.

혹시 지금 자유롭지 못한가요? '내가 이러저러하다면 자유로울 텐데'라고 생각하고 있나요? 그런 이에게 조르바는 조건을 내세워서 자유를 기다릴 것이 아니라 그냥 지금 자유롭게 살라고 말합니다. 자유는 나중에 얻어지는 게 아니라 지금 여기 있으며, 우리는 그걸 애써 모른척하고 있다는 것이지요. 조건에 맞는 사람을 기다리지 말고 지금 내 옆에 있는 작고 사소한 것들을 사랑한다면, 이미 나는 사랑 속에 있는 사람이라며 말입니다.

덧없는 인생,
그냥 자유로워라

조르바는 시종일관 먹물 도련님 오그레를 쥐락펴락하면서 지독하고 처절한 생의 찬가를 불러댑니다. 그는 계산을 싫어하고, 어제에 묶이기를 거부하며 내일을 기다리기도 단호히 거절합니다. 그에게는 오직 지금 현재, 생명의 냄새가 비릿하게 풍기는 이 현재를 꽉 채우며 사는 것만이 가장 가치 있는 일이었지요.

아직 펄떡대고 있는 육체에 따뜻한 육즙이 흐르는 고기를 밀어 넣고 붉은 포도주를 목 안으로 부으며 생을 찬양합니다. 조르바에게는 세상의 질서가 강요하는 모든 미덕이 흉측하고 불길했습니다. 사람들은 자유롭게 살지 못해서 이론을 만들고 규칙을 세우고 그 뒤에 숨어서 야비하게 지내는 것이라며 샌님 같은 인간들을 비웃고 안타깝고 측은하게 여깁니다. 경건과 엄숙과 권위와 체면을 조롱하고 푸드덕거리는 심장의 명령을 따라 여인을 만나고 사랑을 하고 그렇게 꽉 찬 하루하루를 살 뿐입니다.

우리 삶은 짧습니다. 모든 것은 덧없어서 언젠가는 부서지고 흩어지고 맙니다. 사대륙의 제독 무릎 위에서 놀았던 늙은 할멈 부블리나는 병들어 죽고, 젊은 과부에게 구애하다 뜻을 이루지 못한 마을 청년은 스스로 목숨을 끊어서 죽고, 관능미가 활화산 같던 젊은 과부는 그 생기에 짓눌려 있던 마을의 노인에게 목이 잘려 죽고, 수도원에 불을 지른 미치광이 사제는 제 스스로 절명하고 말았고, 책 속에 길이 있지 않다며 혁명을 찾아 나선 오그레의 친구는 폐렴으로 죽고 말았습니다. 모든 것이 덧없고 제한적이고 종말을 맞이할 것이 빤한데 언제까지 망설이고 자로 재고 계산기를 두드리고 지나간 것을 후회하고 탄식하며 지내야 할까요?

소설 속 샌님 같은 젊은이 오그레는 카잔차키스 본인입니다. 그는 인류의 가장 마지막 본보기이자 최후의 인간상을 붓다에게서 찾았고, 끊임없이 붓다의 길을 걸어가려는 중입니다. 이 모순 투성이 삶에서 진정 자유로울 수 있는 길을 찾기 위해 세상에서 가장 자유로운 존재인 붓다의 방법을 모색하는 것이지요. 자신을 유혹하는 악마를 물리치고 붓다의 손을 잡으려 합니다.

그러나 조르바는 붓다, 즉 생명의 자유의 대칭점에 있는 마라(악마)를 거부하거나 물리치지 않습니다. 대신, 마라를 통째로 받아들이고 초월해 버립니다. 오그레가 붓다에 집착할수록 마라는 점점 더 거대하고 사악한 존재로 변했지만, 조르바는 그런 경계를 넘어 악마와 생명의 이분법을 초월한 전혀 다른 자유의 모습을 보여 준 것입니다.

인간의 머리와 가슴으로 도저히 가 닿을 수 없는 세상의 신비를 식자층들은 펜대를 붙잡고 설명하려 애씁니다. 하지만 조르바는 말합니다.

"나는 당신의 소위 그 '신비'를 살아버리느라고 쓸 시간을 못 냈지요. (…) 인생의 신비를 사는 사람들에겐 시간이 없고, 시간이 있는 사람들은 살줄을 몰라요."

상상 그 이상의 기행(奇行)이 넘쳐나는 소설을 읽다가 바로 이 대목에서 멈췄습니다. '나는 어느 쪽인가?', '살아버리면 되는데 삶에 대해 설명하느라 정작 살 시간을 흘려버리고 마는 쪽 아닌가?' 죽어라 애쓰며 살아왔으면서도 우리는 '지금까지 제대로 살아보지 못했어'라며 회한에 가득 찬 독백을 합니다. 제대로 살아보지 못한 것이 아니라 열심히 살아왔는데 여전히 마음속에는 이것 말고 다른 인생이 있음을 꿈꾸었기 때문이 아닐까요? 그러지 말고 이렇게 소리내어 말해 보는 건 어떨까요.

"아, 난 지금 아주 열심히 살고 있어. 난 살고 있는 중이야!"

자유롭고 싶다면 자유를 그저 바라지만 말고 지금 몸소 자유로워지라는 것입니다. 그 순간 우리는 처음부터 자유인이었음을 깨닫게 됩니다. 이런 경지를 어찌 말로 일일이 설명할 수 있을까요? 그저 포도주에 취해 인적 끊긴 해변에서 덩실덩실 춤을 춰댈 뿐입니다. 까짓 한 생각 돌리면 세상은 아름다워 미칠 지경이 아니겠는지요. 이런 자유를 온몸과 마음으로 증명해 보인 조르바에게서 카잔차키스는 확신합니다. "나는 자유다"라고요.

신을 모독했다는 이유로 그리스 정교회로부터 파문을 당한 까닭에 죽어서 그리스 본토에 묻히지 못한 작가는 그토록 사랑하는 크레타 섬에 묻힙니다. 그의 묘비명은 이렇습니다.

나는 아무 것도 바라지 않는다.
나는 아무 것도 두려워하지 않는다.
나는 자유다.

바라는 것이 있기 때문에 얻지 못할까 두렵고 얻은 것을 잃어버릴까 두렵습니다. 두렵기 때문에 더 바랍니다. 그 두려움을 상쇄하기 위해서지요. 바라는 것이 없어서 두려울 것이 없는 그는 오직 자유라는 이름 하나로 세상에 커다란 발자취를 남겼습니다. 인생 앞에서 쩔쩔 매는 이들에게 카잔차키스와 조르바가 일러 주는 '살아가는 방법'입니다.

 함께 읽으면 좋은 책

◆ 김욱동, 《조르바를 위하여》, 민음사
◆ 니코스 카잔차키스, 안정효 옮김, 《영혼의 자서전》, 열린책들
◆ 오쇼 라즈니쉬, 손민규 옮김, 《조르바 붓다의 혁명》, 젠토피아

쳇바퀴에서 벗어나
내 인생을 되찾는 법

헨리 데이비드 소로우 《월든》

우리 인간의 삶이란 결국 홀로 살아가야 하는 것이 아닌가!

헨리 데이비드 소로우

▌이 책을 선정한 이유 ▌

헨리 데이비드 소로우의 《월든》은 19세기 미국 문학의 대표적인 수필집으로, 자연과 인간의 관계를 깊이 탐구한 작품이다. 1845년부터 2년간 월든 호숫가에 오두막을 짓고 자급자족하며 단순한 삶을 통해 진정한 자아를 발견하고자 했던 소로우는 자신의 경험을 《월든》으로 남겼다. 이 작품은 러시아의 대문호 레프 톨스토이와 인도의 독립운동가 마하트마 간디 등에게 큰 영향을 미쳤으며, 오늘날까지 전 세계 독자들에게 사랑받는 고전으로 자리매김하고 있다.

이런 이력을 지닌 사내가 있습니다.

20세: 일기를 쓰기 시작하다.

28세: 월든 호숫가에 통나무집을 짓고 살기 시작하다.

34세: 인근 여러 마을의 문화회관에 나가 자주 강연을 하다.

39세: 시인 월트 휘트먼을 만나며 그로부터 깊은 인상을 받다.

43세: 혹한의 겨울날 숲에 들어가 나무 그루터기들의 나이테를
세다가 독감에 걸리다.

45세: 사망하다. 임종을 지켜본 사람들 중의 하나는 '그처럼 행
복한 죽음을 본 적이 없다'고 말하다.

이 이력의 주인공은 하버드 대학을 졸업한 헨리 데이비드 소로
우입니다. 그는 28살의 나이에 의도적으로 인생을 살아보고, 인
생의 모든 골수를 빼먹고자 하며, 삶이 아닌 것은 모두 때려 엎기
위해 월든 호숫가 오두막에서 2년 동안 외부의 간섭 없이 가난과
고독 속에서 살아갑니다. 오래 전부터 꿈꾸어 왔던 소중한 삶의
방식을 실현해 보기로 한 것입니다. 그러려면 먼저 살아갈 집부
터 지어야겠지요. 1845년 3월 말경, 소로우는 도끼 하나를 빌려
서 들고 월든 호숫가 숲속으로 들어갑니다.

당시 미국은 산업혁명의 흐름 속에서 조금 더 크고 넓은 집을

원하고 집안을 살림살이로 가득 채우면서 이웃과 은근히 경쟁을 벌이던 시절입니다. 그런 때 청년 한 사람이 콩코드강가 숲속에 오두막을 손수 짓겠노라 팔을 걷어 부쳤으니 사람들의 관심이 쏠리지 않을 수 없습니다.

'의도적으로 인생을 살아본다'라는 것은 어떻게 살아가는 것일까요? 소로우는 현실적으로 실천해 가기로 합니다. 자신이 무엇을 원하는지를 정확히 알고, 그 원하는 것을 이루기 위해 시간을 얼마나 쏟아야 하며, 어떻게 몸뚱이와 사지를 움직여야 하는지를 파악하는 일입니다. 돈은 얼마나 들고, 최소한의 경비로 원하는 바를 이루기 위해 어떤 노력을 해야 하는지도 정확하게 계산합니다.

이 모든 것을 쉽게 하는 방법도 있습니다. 돈을 써서 기술자를 부르고 매장에서 완제품을 구입하면 되는 것입니다. 하지만 소로우는 이 모든 문명의 혜택을 거부합니다. 최소한 자신의 이 오두막은 처음부터 끝까지 자신의 의지로 채워져야 한다는 원칙을 세운 것이지요.

오두막을 지은 뒤에는 식비를 계산했고 식비 계산이 끝난 뒤에는 집안에 가구와 생필품을 들이기 시작했습니다. 사는 데 꼭 필요한 가재도구들은 과연 어떤 것들일까요? 소로우의 품목을 보면 침대 하나, 탁자 하나, 책상 하나, 의자 셋, 직경 3인치의 거울 하나… 총 17가지로 정리됩니다.

많다고 생각하나요? 그렇다면 지금 자신의 집안을 둘러보기를 권합니다. 집안을 채우고 있는 물품들을 이렇게 목록으로 정리해 볼 수 있을까요? 직접 해 보면 불가능하다는 걸 알게 됩니다. 우리는 모두 너무 많은 것을 지니고 있고 심지어 무얼 여태까지 지니고 살아왔는지 헤아려 본 적도 없습니다. 집안에는 언제나 무엇인가로 꽉 차 있는데도 여전히 사야 할 것이 생기고, 사도 사도 늘 부족하게 지냅니다.

하지만 소로우는 자신이 살아가는 데에 꼭 필요한 품목들을 이렇게 열거하고, 이것으로 충분하다고 말합니다. 오늘날 미니멀리즘의 원조라 해도 지나치지 않습니다. 워낙 가진 것이 빤하고 별로 없어서 그의 집은 자물쇠로 채워져 있지도 않습니다. 호기심에 찾아온 사람들은 그의 작고 낮은 오두막을 은둔처(hermitage)라고 불렀습니다. 사람들은 이 청빈한 살림살이에 감탄을 하면서도 사실 동의하지는 못한 것 같습니다. 자신보다 소유물이 적은 그를 가엾게 여기며 자선을 베풀려고 합니다.

그러나 소로우는 세상 사람들이 자신의 정신이 낡고 닳아빠진 것은 살피지 못한 채 누더기를 걸친 빈자(貧者)에게 연민의 자비를 베푼다고 말합니다. 정말 위로와 구제를 받아야 할 사람은 생활비를 버느라고 자기의 모든 시간을 다 뺏기고 있는 바쁘고 여유 없는 사람들, 신에 관한 화제라면 자기들이 독점권을 가진 것처럼 말하며 다른 어떤 견해도 용납하지 못하는 종교인들, 의사와 변호사들, 그리고 내가 없는 사이에 나의 찬장과 침대를 들여다보는 무례한 가정주부들, 안정된 전문 직업의 잘 닦인 길을 걷는 것이 가장 안전하다고 결론을 내린 더 이상 젊지 않은 젊은이들일지도 모른다는 것이지요.

잘 닦인 길에서 내려서면
또 다른 세상이 보인다

사람들은 현재의 삶을 자기 의지대로 꾸려가고 있다고 말합니다. 하지만 늘 누군가와 비교하고 세상과 이웃의 눈치를 보고 비교하고 비교당합니다. 여기에서 자유롭지 못한 사람들에게 자신의 의지로 삶을 살아가는 것은 상궤(常軌)에서 벗어나는 일입니다. 그리고 상궤에서 벗어나는 삶은 대부분의 사람에게는 불가능합니다. 그건 몹시 두렵기 때문입니다. 그저 남하고 같거나 엇비슷해야 안심하는 것이 보통 사람들입니다.

소로우는 그런 삶을 거부합니다. 그는 산다는 것이 얼마나 타성적으로 흐르기 쉬운 일인지를 자신의 집 문앞에서 길이 나는 것을 비유로 들어 경고합니다. 일주일도 채 되지 않아 호수까지 오가는 사이 길이 나버렸을 뿐만 아니라, 그 길을 더 이상 사용하지 않고 5~6년이 지났는데도 여전히 길의 윤곽이 뚜렷이 남아 있음을 보고 세상에는 이런 길들이 얼마나 많을 것인지 탄식합니다. 그 길을 닳도록 오가면서 전통이라는 미명 아래 타협하며 살아야 한다고 암암리에 자신과 세상을 억압했을 터입니다.

사람은 누구라 할 것 없이 자기 자신이 존중받기를 원하고, 자기가 가장 행복하기를 바라지만 아이러니하게도 닳아빠진 관행의 깊은 수레바퀴 자국에 가장 존귀한 자신을 처박아 버립니다. 그리고 죽은 뒤의 자기 관 값까지 미리 챙기느라 각박하게 지내오다가 결국 어깨를 으쓱하며 말합니다. "사는 게 뭐 별 거 있어? 나도 할 만큼 해 봤단 말이야."

상궤를 뛰쳐나간 소로우는 그 대신 인생에 대한 통찰과 자연의 솔직한 모습을 챙깁니다. 계절마다 호숫가는 전혀 다른 빛으로 반짝이고, 작은 나뭇잎 한 장을 들춰보면 붉은 개미떼와 검은 개미떼가 종족의 생존을 걸고 처절한 전투를 벌입니다. 인간 병사들도 그처럼 단호하게 싸운 적은 없으리라 할 정도입니다. 덩치 큰 녀석에게 밀리는 걸 보다 못했는지 작은 개미들은 두 마리가 동시에 덤비는 전술도 씁니다.

전쟁은 결국 머리가 잘린 붉은 개미 두 마리의 완패로 끝이 납니다. 하지만 몸통에서 잘려나간 패자의 머리는 승자인 검은 개미의 옆구리를 여전히 굳게 물고 있습니다. 검은 개미 역시 만신

창이가 되어 마지막에 패자의 머리를 간신히 털어내고 소로우의 창턱을 넘어 사라집니다.

녀석들은 대체 뭘 빼앗으려고 저리도 질기고 냉혹하고 잔인하고 치열한 전투를 벌이는 것일까요? 저 장렬한 패배와 그보다 더 쓸쓸한 승리를 인간의 그 어느 전쟁에서 찾아볼 수 있을까요? 소로우는 감히 전투에 끼어들 수 없어 경악한 채로 바라볼 뿐입니다.

그 뿐만이 아닙니다. 10월의 월든 호숫가에서 그는 되강오리를 불러냅니다. 어쩌면 되강오리가 소로우를 불러내는 것인지도 모릅니다. 소로우가 배를 몰고 다가가 녀석을 놀래려 하지만 되강오리는 귀신보다 더 재빨리 모습을 감춰버립니다. 그리고 생각지도 못한 지점에서 물보라를 일으키며 솟아오릅니다. 인간의 짐작이 미치지 못하는 곳에서 불쑥 등장하는 것만 해도 기가 죽을 판인데 녀석은 "특유의 악마 같은 웃음소리"를 내며 소로우를 놀려댑니다.

문명의 검은 그림자를 끌고 다니며 세상을 정복했노라 외치던 인간이 발언권을 빼앗긴 구경꾼으로 전락하는 순간입니다. 인간 세상보다 더 교활하고 더 단호하고 더 웅장한 제국이 무궁무진하게 펼쳐지고 있는 것이 바로 이 자연입니다.

자연의 소란스런 아우성과 아름답지만 냉랭한 법칙을 바라보는 이와 그렇지 못한 이는 똑같이 세상을 살더라도 그 목숨의 값이 달라집니다. 자기의 삶을 주인으로 사느냐 종으로 사느냐의 차이는 그만큼 큽니다. 소로우의 오두막에서의 삶은 2년 2개월 2일로 끝이 납니다. 의도한 대로 살아보면서 자신에게서 무엇이 눈을 뜨고 무엇이 계발되는지를 몸으로 살아본 시간입니다.

《월든》이 문명을 등진 다소 냉정한 은둔자의 자기도취라고 말하는 사람들도 있습니다. 그럼에도 저는 한동안 침대 머리맡에 《월든》을 놓아두었습니다. 잠들기 전 한두 쪽을 읽기도 하고, 불현듯 깨어나 더 이상 잠을 이루지 못할 때 읽기도 했습니다. 이른 아침에 눈을 뜨자마자 《월든》의 몇 구절을 읽으면, 마치 우주의 끝까지 이어지는 명랑한 생기를 보여 주기 위해 목청껏 울려 퍼지는 서정시를 듣는 듯했습니다.

《월든》은 인생이라는 학교에 재학 중인 우리 모두가 교과서로 삼아야 할 책입니다. 이 교과서는 다음과 같은 여섯 가지 지침으로 요약할 수 있습니다.

첫째, 자기 인생의 주도권은 스스로가 꼭 쥐어라.
둘째, 세상 사람들에게 다 인정받을 필요는 없다.
셋째, 소박하게 삶을 유지하라.
넷째, 소유하기보다 경험하라.
다섯째, 자연 속으로 들어가라.

여섯째, 설령 당신의 인생이 빈곤할지라도 그것을 받아들이고 소중히 여겨라. 모든 것을 다 잃더라도 자신의 생각만은 지켜라.

읽고 읽고 또 읽으며 인생 학교를 제대로 졸업할 참입니다.

 함께 읽으면 좋은 책

◆ 레프 톨스토이, 박형규 옮김, 《인생독본 1~2》, 문학동네
◆ 법정, 《진짜 나를 찾아라》, 샘터
◆ 존 살트마쉬, 김종락 옮김, 《스코트 니어링 평전》, 보리

인생은 여행의
연속이다

박지원《열하일기》

모든 사람이 내 곁에 놓인 봇짐을 힐끗거린다. 그 속에 귀한 물건이라도
들었을까 잔뜩 기대하는 모양이다. (…) 다른 물건은 아무 것도 없고 다
만 붓과 벼루뿐이었다.

박지원, 허경진 글, 이현식 사진,《열하일기》, 현암사, 2009

┃이 책을 선정한 이유┃

연암 박지원은 조선 후기의 실학자이자 문인으로, 개혁적 사고와 독창적인 글쓰기로
유명한 인물이다. 그는 사회적 모순을 비판하며 실용적 지식을 강조하는 실학을 바
탕으로 개혁 사상을 주장했다. 대표작《열하일기》는 동아시아 사회와 문화를 깊이
있게 관찰하고 비판적 시각을 담아낸 작품이다. 이 책은 조선 후기 사회를 이해하고
새로운 시각을 배울 수 있는 기회를 제공하며, 열린 마음과 비판적 사고의 중요성을
일깨워 준다.

여행이란 말에는 묘한 떨림이 있습니다. 살던 곳, 익숙한 일상, 늘 마주치는 관계에서 훌쩍 떠나 낯선 공간에 나를 내려놓기 때문입니다. 그리고 눈앞에 펼쳐지는 풍광에 감탄하고, 머쓱하고 어색한 시간 속에서 오감을 활짝 열어놓고 있는 나를 마주하게 됩니다.

여행, 어떠셨나요? 목돈을 들여 힘들게 시간을 내어 낯선 나라로 떠나 멋진 경치를 감상하고, 입맛에 썩 맞지 않는 음식이라도 맛집이라 해서 탐방하며, 쉬지 않고 스마트폰으로 사진을 찍어 돌아온 여행 말입니다. 저도 그랬고, 당신도 그랬을 것입니다.

여행이란 것이 워낙 개인 취향에 따라 다르니 이렇게 여행하라거나, 저렇게 해서는 안된다는 조언은 무의미합니다. 하지만 지금껏 해 온 여행이 어쩐지 늘 아쉬움으로만 남았다면 280여 년 전 한 남자의 여행을 들여다보기를 권합니다.

그 남자의 이름은 박지원, 우리에게는 연암이라는 호로 더 친숙한 인물입니다. 그는 1737년 조선의 명문가에서 태어났지만, 과거 시험을 포기하고 자연인으로 살아가는 삶을 선택했습니다. 당시 군주였던 영조의 신임을 받았으나 행여 자신의 가문 덕이라는 모함과 시기를 받을까 행동거지에 각별히 조심하였지요. 이후 연암은 벼슬에 나서지 않고 집안에 틀어박혀서 문장을 익히는 데에 주력합니다.

그는 글공부를 하는 와중에도 현실을 망각하지 않았습니다. 세상에 현실적으로 이로움을 안겨주는 방향을 탐구하는 경세실용(經世實用)의 학문을 탐구하였지요. 그러던 중, 운명처럼 그에게 행운이 찾아옵니다. 중국 여행입니다.

청나라 건륭제의 70세 생일을 축하하는 사절단이 중국 연경(북경)으로 떠나게 되었는데 이 사절단의 총지휘자(正使)가 바로 연암의 팔촌형 박종원입니다. 사절단의 우두머리에게는 친인척 중 몇 사람에게 자제군관이라는 직책을 주어 동행할 수 있는 특권이 주어졌습니다. 그 형이 넌지시 연암에게 중국이라는 넓은 땅으로 떠나 그곳의 문물을 보고 글 읽는 선비들과도 만나보는 것이 어떻겠느냐는 제안을 한 것입니다.

하여, 당시 43세였던 연암은 1780년 5월 25일 출발하여 같은 해 10월 27일 돌아오는 긴 여행길에 오르게 됩니다. 압록강에서 연경까지 2,030리(약 800킬로미터), 천신만고 끝에 도착했으나 건륭제는 그곳에서 700리(약 275킬로미터) 떨어진 열하 피서 산장에 가 있다는 소식을 접하고 다시 그곳으로 떠납니다. 장장 다섯 달 동안 이어진 긴 여정이었으니, 요즘처럼 한 도시에 머물며 유유자적하게 시간을 보내는 '한 달 살기'와는 사뭇 달랐겠지요. 그야말로 산을 넘고, 강을 건너며, 말 타고 걷는 고된 여행이었습니다.

연암은 이 여행을 완벽하게 자신을 위한 일정으로 채웠습니다. 양반가 자손이니 그에 걸맞은 대우를 받으면서 보고 싶은 것 맘껏 보고 중국의 사대부들과 교류하는 자유롭고, 넉넉하고, 지성미 풍기는 최고의 해외여행이었지요. 아, 그 시절에 이런 해외 여행이라니요! 나라 밖을 나가는 것이 아주 특별한 경우가 아니면 법으로 금지되어 있던 시절 아니던가요. 조선의 돈은 중국으로 한 푼도 가지고 들어갈 수 없어 국경 인근에서 어떻게든 다 쓰고 가야 하는 촌극도 벌어지던 시절입니다.

연암은 여행길에 오르는 순간부터 도착한 날까지 손에서 붓을 놓지 않았습니다. "6월 24일 오후에 압록강을 건넜다"라는 문장으로 시작하는 그의 여행기 《열하일기》는 이 노정을 단 한순간도 빼놓지 않고 기록하면서도 낯설고 아름다운 풍광까지도 섬세하게 그려내고 있습니다.

> "서쪽 하늘 끝으로 자욱하던 안개가 갑자기 트이며 파란 하늘 조각이 빠끔히 얼굴을 내민다. 작은 창문에 끼워 놓은 유리처럼 영롱하다. 눈 깜짝할 사이에 안개는 모두 상서로운 구름으로 바뀐다. 그 변화무쌍한 광경은 끝이 없다."

길을 가는 동안 그의 눈앞에 펼쳐지는 풍광이 사진처럼 내 눈앞에 펼쳐집니다. 경치에 대한 감상뿐만 아니라 마주치는 사람들, 동행자들과의 여러 사건 등등을 손에 쥔 휴대용 지필묵을 이용해서 낱낱이 기록합니다.

중국에서 문인들과 교류할 때도 말은 통하지 않았지만 전혀 문제 되지 않았습니다. 필담이란 것이 있었거든요. 상상해 봅니다. 처음 만난 사람과 나누는 대화가 글로 이어진다는 것, 말 한마디 오가지 않으니 사방은 고요한 가운데 먹물을 잔뜩 묻힌 붓을 들어 자기 생각을 한자로 써 내려가면 상대방은 인상적인 문장이나 단어에 짧은 탄식을 터뜨리며 동그라미를 긋거나 밑줄을 긋습니다. 행여 민감한 이슈가 담겨 있으면 필담한 종이를 아주 잘게 찢어버리거나 입속에 넣어 우물우물 씹어서 삼키기도 했으니 토론은 맘껏 즐기되 후환은 남기지 않는 지식인들의 자구책이 흥미롭습니다.

다섯 달 동안 연암은 참 많은 것을 보고 겪습니다. 그는 자주 말합니다. "내가 이 땅을 죽기 전에 다시 밟을 수 있으랴"라고요. 그래서 그는 할 수 있는 한 눈과 귀를 크게 열고 누구든지 만나고 어느 집이든 열려 있으면 들어가서 더 많은 것을 보고 듣고 느끼고 기록합니다.

그 모든 이야기들이 담겨 있는 《열하일기》를 펼쳐 들었을 때, 마지막 장을 읽기 전까지 손에서 놓지 못할 줄은 전혀 예상하지 못했습니다. 그만큼 책 속에는 빛깔이 다른 글들로 빼곡합니다.

여행지 중국의 역사와 지리, 풍속과 인심, 거리 풍경이 섬세한 필치로 펼쳐지고, 그 와중에 자신과 동행하는 조선 관리들과 그 수행원들의 모습도 자세합니다.

타국에서 떠올리는 조선인과 조선 문화에 대한 그의 사색도 흥미롭습니다. 아무리 변방의 후진 촌 동네라도 거리와 집들이 가지런하게 정비되어 있고 살림살이는 반짝반짝 윤이 나는 모습, 소 외양간이나 돼지우리, 땔감 쌓아 놓은 것이나 두엄 더미까지도 그림처럼 정돈된 것을 보며, "이용(利用)이 있은 뒤에야 후생(厚生)이 있고, 후생이 있은 뒤에야 정덕(正德)을 이룰 수 있다"라는 《서경》의 글귀를 떠올립니다.

삶을 이롭게 하고 생활을 윤택하게 해 민생을 안정시킨 후에야 비로소 덕이라는 고차원적 가치를 실현할 수 있다는 깨달음이 중국 변방의 알뜰하고 정갈한 마을을 보며 그의 마음을 짜릿하게 스쳤던 것입니다. 이는 당시 조선의 사대부들이 지나치게 형이상학적 이론에 치우쳐 실제 서민의 삶을 외면했던 점을 향한 통렬한 질책이기도 합니다.

한바탕 울어볼 만한
벌판에서

《열하일기》에는 요동벌판을 앞두고서 쓴 에세이 〈호곡장(好哭

場)〉이 실려 있습니다. '한바탕 울어볼 만한 곳'이란 뜻이지요.

"여기부터 산해관까지 1,200리는 사방에 한 점 산도 없이 하늘 끝과
땅 끝이 맞닿아서 아교풀로 붙인 듯 실로 꿰맨 듯 하고, 예나 지금
이나 비와 구름이 아득할 뿐이야. 이 또한 한바탕 울어볼 만한 곳이
아니겠는가!"

그 드넓은 광야에 갔으면 가슴을 쭉 펴고 지축이 흔들릴 정도
로 고함을 질러보거나 끝없이 말을 타고 달려볼 일이건만 연암
은 손을 들어 이마에 얹고 사방을 돌아보면서 "훌륭한 울음터로
다! 크게 한번 통곡할 만한 곳이로구나!"라며 외친 것입니다.

조선 한양 땅, 꽉 짜인 양반 세계 속에서 갑갑하게 지내다 갑자
기 탁 트이고 훤한 곳으로 나와서 사지를 움직여보니 본능적으
로 소리가 터져 나오는 것을 참을 수 없었고, 그 소리가 바로 울
음이라는 것이지요. 웅장한 대륙을 질러가며 연암은 숱하게 울
었을 것입니다.

그의 일기에는 명·청 교체기를 거쳐 청나라가 안정적인 통치를
이어가고 있는 상황에서도 명나라를 향한 집착을 버리지 못하는
조선의 정치인들과 사대부들이 등장합니다. 연암은 여전히 청나
라를 오랑캐로 간주하는 이들의 편협하고 고루한 사고방식을 신

랄하게 비판합니다.

병자호란 발발 이듬해 중국으로 끌려온 조선인들의 마을 고려보가 처음에는 조선의 사신 일행을 반갑게 맞으며 정성껏 접대했지만, 배려가 거듭되면 권리인 양 착각하는 사신의 하인들 때문에 결국 같은 민족끼리 원수를 지고 말았다는 이야기는 마음이 아팠습니다.

중국의 술집들은 역대 명필들의 글씨와 그림, 온갖 골동품이며 화초가 빼곡해서 사람들은 술잔을 기울이면서 예술을 논하다 흥이 오르면 술집에서 제공하는 질 좋은 지필묵으로 또 다른 예술 작품을 펼쳐낸다고 합니다. 연암은 이런 술집에 들렀다가 문득 큰 사발의 술을 한 번에 들이부으며 마시는 조선의 술집 분위기를 떠올립니다. 취할 때까지 마시고 주정 부리는 것이 당연한 조선의 술 문화를 신랄하게 비난하지요.

그러나 그 자신도 따뜻한 술을 작은 술잔에 담아 홀짝홀짝 마시는 중국인들의 술 문화에 넌더리가 났는지 찬 술을 큰 대접에 넘치게 붓고는 벌컥벌컥 마시고 자리에서 일어서는 호기를 부리기도 합니다. 그 호기에 놀란 중국인들이 붙잡고 술을 더 권할까봐 서둘러 술자리를 빠져나오는 '못난' 모습을 고백하는 데에서 연암이라는 글쟁이의 솔직한 성정도 느낄 수 있습니다.

떠들썩한 술자리를 빠져나와 연암 자신으로 돌아가면 그는 호

젓한 나그네가 되어 외로움을 절절히 토로합니다. 조선에서는
반남 박 씨의 내로라하는 양반 가문 자손인 연암도 이국땅에서
는 일개의 무명 씨입니다. 자신의 이름과 성, 본관을 아는 이 아
무도 없어 무슨 짓을 해도 거리낄 것 없어 자유롭건만 이 지극한
즐거움을 함께 나눌 벗이 없어 외롭기 짝이 없다며 탄식합니다.

"여기서 나는 성인도 되고 부처도 되고 현자도 되고 호걸도 되려니,
  이러한 미치광이 짓은 기자(箕子)나 접여(接輿)와 같으나 장차 어느
  지기와 이 지극한 즐거움을 논할 수 있으리오."

여행은 단순히 낯선 곳으로 떠나 이국적 풍경을 감상하는 호사
스러운 일만이 아닙니다. 어떤 여행은 오히려 익숙한 일상에서
벗어나 스스로를 더 넓은 세계로 던져놓는 지극히 수고로운 작
업이기도 합니다. 낯선 시공간에서 그동안 자신의 어깨를 내리
누르던 고정관념의 무게가 새삼 느껴지고, 늘 보고 만나고 들었
던 모든 것들에서 눈과 귀가 씻기면 마음이 덜컹 열립니다. 어느
사이 나그네의 시선은 밖에서 안으로 향하게 되고, 돌아오는 길
에 자신이 달라져 있음을 깨닫게 됩니다.
  제법 묵직한 연암의 여행기를 읽어가면서 어느 사이 타성에 젖
어버린 그간의 여행을 돌아보게 됩니다. 낯설게 하기, 몹시 외롭

지만 말할 수 없이 꽉 찬 자유를 몸으로 느껴보고자 다시 배낭을
꾸려 봅니다.

 함께 읽으면 좋은 책

◆ 강명관, 《허생의 섬, 연암의 아나키즘》, 휴머니스트
◆ 고미숙, 《열하일기, 웃음과 역설의 유쾌한 시공간》, 북드라망
◆ 박지원, 이시백 편집, 최선경 그림, 《박지원의 한문 소설_어이쿠, 이놈의 양반냄새》,
  나라말

마음과 태도에 깊이를 더하는 인생 책들

인생은 읽을수록 우아해진다

© 이미령 2024

인쇄일 2024년 12월 13일
발행일 2024년 12월 20일

지은이 이미령
펴낸이 유경민 노종한
책임편집 이지윤
기획편집 유노책주 김세민 이지윤 **유노북스** 이현정 조혜진 권혜지 정현석 **유노라이프** 권순범 구혜진
기획마케팅 1팀 우현권 이상운 **2팀** 이선영 김승혜 최예은 전예원
디자인 남다희 홍진기 허정수
기획관리 차은영
펴낸곳 유노콘텐츠그룹 주식회사
법인등록번호 110111-8138128
주소 서울시 마포구 월드컵로20길 5, 4층
전화 02-323-7763 **팩스** 02-323-7764 **이메일** info@uknowbooks.com

ISBN 979-11-7183-075-6 (03800)